U0588241

浙江少年文学新星丛书·第六辑

海飞　主编

霜刃未曾试

陈弘烨　著

吉林文史出版社
JILIN WENSHI CHUBANSHE

图书在版编目（ＣＩＰ）数据

霜刃未曾试 / 陈弘烨著． -- 长春：吉林文史出版社，2020.3（2023.1重印）

ISBN 978-7-5472-6785-1

Ⅰ．①霜… Ⅱ．①陈… Ⅲ．①长篇小说－中国－当代

Ⅳ．① I247.5

中国版本图书馆 CIP 数据核字（2020）第 047685 号

霜刃未曾试
SHUANGREN WEICENG SHI

著　　者：陈弘烨
责任编辑：钟　杉　王　新
封面设计：四川悟阅文化传播有限公司
出版发行：吉林文史出版社有限责任公司
地　　址：长春市净月区福祉大路 5788 号　　邮编：130118
电　　话：0431-81629363（总编室）　　0431-81629372（发行科）
网　　址：www.jlws.com.cn
印　　刷：三河市嵩川印刷有限公司
经　　销：全国新华书店
开　　本：210mm×145mm　1/32
印　　张：6.5
字　　数：99 千字
版　　次：2020 年 3 月第 1 版　2023 年 1 月第 2 次印刷
定　　价：42.80 元
书　　号：ISBN 978-7-5472-6785-1

印装错误可与印刷厂联系退换。

温州洞头人，2006年12月17日出生，2019年6月于温州市洞头区实验小学毕业，原为校学生会体育部部长。爱好阅读、写作、游泳、篮球、乒乓球、表演等，是个开朗幽默的阳光男孩。曾获温州市科技节"智力七巧板"现场创作竞赛"二等奖"；洞头区中小学游泳联赛50米仰泳第一名、50米蛙泳第一名；区"我爱记诗词"比赛二等奖；主演的《我的功劳最大》荣获区艺术节课本剧比赛一等奖；被评为校"运动天才之星"；校年度"优秀星级管理员""优秀大队干部"；2018年、2019年连续被评为区"优秀学生"等。如今的他迷上了写作，梦想着成为一名小作家。

陈弘烨

1

2018年春与易效能丫丫老师亲密合影

与好伙伴体验一天的军旅生活

参加区级先进学生表彰，有点激动

"华容道"预赛现场，遥遥领先

我们是实小的形象大使

我们是好朋友，圣诞节一起玩

我和弟弟第一次借助地图探索旅行

期盼已久的春游终于来了

"我爱记诗词"活动现场,反应敏捷,对答如流,惊艳全场

校"华容道"决赛，轻松拿下一等奖

大队部竞选现场

10

整装待发，飞往香港

有幸接待新西兰游学的同学

现代版真人悟空与古代悟空

第一次参演音乐剧，荣获区级一等奖

陈弘烨的小说《霜刃未曾试》入围"浙江少年文学新星丛书"了。消息传来，我立刻转发。一时间，朋友圈、微信群赞声一片。

不久，他父亲便发来他的书稿，嘱我作序。

当时，我正往西安去。飞西安的飞机晚点，身边多人一片哀号，我虽懊恼，却隐隐庆幸：幸好有弘烨的书稿可看。

飞机终于起飞，窗外云朵如梦似幻，我的心在8000米的高空，追随一个少年，走在他的成长路上。那是跟我的少年时代截然不同的道路，但那些少年情怀，却如出一辙。

窗外，云聚云散，飘起或沉落，都有别样的精彩。

那一刻，我知道我想说点什么了，或许，与序无关。

陈弘烨其人其书

一

那天晚上，天很冷，下着雪籽。雪籽打在玻璃窗上，噼啪作响。教室靠路边的门窗有雪籽随风自细隙灌入，如锋刃，如箭芒。室内灯火通明。孩子们在写作文，写得有些心不在焉。海岛极少下雪，便是雪籽也难得一见。于是，许多身影摆来摇去，蠢蠢欲动的，交头接耳的，把平常只听得写字沙沙声的写作时间，变得一片嘈杂。装优盘的小铝盒在桌上一拍，仿若惊堂木，声止，影不动，"沙沙沙，沙沙沙"，笔尖重又亲吻纸上方格，留下一串心不甘情不愿的驿动心事。

屋主在走廊轻轻唤我。两人站廊下商谈漏风门窗修理的事。谈毕回来，见教室内少了一人。漏风的门缝大了许多，孩子们也骚动起来，呼呼喊冷的，咯咯笑的，欲言又止的，也有直接告状的——陈弘烨从门外的小过道走到另一个教室了！

所谓过道，不过是三五十厘米的廊檐，无遮无拦，虽然只是二楼，但天黑，又下雨，一个不小心，掉下去，可是要命的事。我脑子轰地响起来，颤抖着扑向门。门外漆黑一片，我喊了一声："弘烨——"没有回应。我又喊了一声，几乎是扯着嗓子喊。"老师，我在这儿！"声音来自我身后。男孩变声期特有的公鸭似的声音，此刻美如天籁。

那张长了几颗青春痘的脸，眉开眼笑，一股子恶作剧得逞的模样。大惊后大喜，转而是难以扼制的大怒。

"你、你、你……"盛怒之下，一时竟找不到批评的话，可见平时储备不足。

"老师，我作文写好了呀！我写得快！"他大概被我吓到了，一改平日的嬉皮笑脸，嗫嚅道，"你在外面聊天，我就出去溜达溜达！"

"既然写得快，那有本事就写一部小说，参评明年的'浙江少年文学新星'！"

"写！写！写！"一群看热闹的孩子不嫌事大，跟着起哄。

"写就写，怕你啊！"

得。成了。

想让弘烨尝试写小说，是早有的打算，就缺一个契机，这下水到渠成。谁让他自己"作"，怪不得别人心狠手辣"算计"他。

其时，离大赛只有五个月时间。七万字，五个月，再留一些时间修改，他自己粗粗一算，每个月一万五千字，轻松！

当晚，我就给他父母打电话，让他们给他准备个电脑，每个月写一万五千字，每星期该多少字，分摊到每天多少字，监督起来。

他父亲说："好！全力配合，即便停掉一些补习班兴趣班，也要让他把这件事做好。这是弘烨小学阶段最有意义的事。"

是啊，诚如汤汤所说："在人生的起跑线上，便与文学结缘，是多么幸运和奇妙的事情。"

万事俱备。

二

曾经跟陈弘烨家是邻居。他的爷爷奶奶经常从我家门前经过，有时也会聊上几句。知道他们家经商，家境殷实，家风极好，特别注重孩子教育。弘烨父亲三兄弟都很优秀，或从教，或从政，或从商，都有建树。

第一次见到弘烨，他已是三年级的小学生。彼时，他父亲在我们单位当领导，他放学后便在办公室一角写作业，做手作，读闲书，是个清秀伶俐、斯文有礼的男孩。同事们都夸赞：这孩子真懂事，不吵不闹，放下书包就做作业，都不用父母操心。

有一天，弘烨拿他的作文给我看，写的是他的夏令营生活。作文挺长，事无巨细，从起床洗脸刷牙吃早餐开始，到吃晚饭刷牙洗脸睡觉结束，一一记录，颇有流水账之嫌，但三年级的孩子，你能指望他写得多精彩？能记录下这么多，就值得一夸。

好孩子是夸出来的。我信。

当时问了他几句，比如，夏令营里有没有很特别的人，什么事最有趣，你做得最好的是什么，怎么做到的，等等。他便绘声绘色地跟我讲起来，讲到同学三下刷牙法，讲到自己快速叠被子，还有早餐包子太难吃，他如何把吃不下的包子巧妙地藏到口袋里，再悄无声息地扔到垃圾桶里，讲得兴起，他干脆给我表演了起来。

讲得好，当然要写下来啦。于是，他兴高采烈地写起来。

表达虽然还不尽如人意，但因他时有妙言，让人忍俊不禁，读来也颇为有趣。

那时候，便知这个生活在大海边的孩子，并不只是表面看到的谦恭、斯文、规规矩矩，他的血液里奔涌着大海一样的激情、灵动、幽默和张扬。

如此美好。

三

弘烨用了一个星期确定自己要写什么，又用了一个星期写了一个1700多字的大纲。交给我看的时候，我眼前一亮。我知道，这小说能行。

再一个星期，我代一个杂志征稿，弘烨交来了小说的第一章。

他的主人公来谷墨，一个缺点多多优点明显的学霸，已经有模有样地呈现在我面前了。第一章的"事故"是学霸周末忘记写周记作业了。忘记某个作业，这几乎是所有孩子都犯过的错，其实不算多新的"梗"，但主人公的性格特征通过心理、语言、动作等描写得以很好地展现，又合理地推进了故事的发展。无论是叙述方式，还是结构布局，都是我喜欢的。果然，这第一章，幸运地被某杂志选中刊用。

更妙的是，后来，弘烨把这事又写入了书中。

弘烨平时俏皮话层出不穷，尤其擅长把一些耳熟能详的诗句、俗语、歌词改成顺口溜，让人捧腹大笑，有时也让人恨得咬牙切齿。他还常常捉弄人。有一次，他可怜兮兮地把手伸给我看，说自己手伤了痛得不得了。我一看，虎口处一道伤口，血肉模糊的，很是吓人，我急忙起身，要带他去医院诊治。他却哈哈大笑，原来，那伤口是他自己用彩色笔画的。气极而笑，却仍感慨，这画功真是了得。

还有一次，在写作时间，他一会儿装出写不出来的惨状，一会儿怪话连篇，惹得其他的同学起哄发笑，我一边呵斥他，一边对大家说："陈弘烨最'阴险'了！他现在故意打扰你们，拖延时间，等会儿他奋笔疾书，最早完成，规定时间完成不了受罚的是你们，你们别上他的当！"

他听完哈哈一笑，似乎很享受这个"阴险"的评价。

弘烨在小说中，把他的机智、俏皮、幽默、豁达展现得淋漓尽致。文学就是生活，就是记录。诚然。

小说没有以大人物、大场面、大事件来渲染气氛，营造气势，制造反响，而是描写了一群小学生在校内校外的小场景里发生的小故事，游戏、网购、压岁钱、篮球赛、生日派对、追星、逃课、受罚、补习班等，都是小学生的现实生活，弘烨把它们写得妙趣横生。升学的压力，友谊的分合，成长的阵痛，都化成一次次嬉笑怒骂，一场场爱恨悲欢，虽不惊心动魄，却真实可信，可感可叹，透着一股子鲜活蓬勃的美。

都说一个在文学路上走着的孩子，看得见生命中的光和亮。由此，我相信，文学之于弘烨，是一种与生命纯真本质的对谈，更是这个少年书写者的一种虔诚盟誓。

像每一个少年和每一个书写者一样，弘烨会在不断抵达的欣喜和不断离开的怅然中成长，在星光璀璨的文学路上，这个少年的身影，值得期待。

施立松

家长寄语

　　亲爱的大烨，自从施老师看了你的文章后，觉得你很有潜力，鼓励你写写小说，尝试参加今年的全省青少年文学新星评比。当听到这个消息时，妈妈是很开心的，能得到施老师的赏识，说明你的文笔还是不错的。写一部小说谈何容易，何况你平时连长篇的文章都很少写，妈妈对你能否坚持完成，心里是没底的。但是，爸爸妈妈之所以坚决支持你写小说，还有一层更深的考量，那就是锻炼你的意志，即使你没能评上文学新星，至少对你来讲也是一次难得的挑战和历练，何乐而不为呢？

　　理想是美好的，现实是痛苦的。刚开始写的时候，你是信心满满、兴致很高，特别是第一篇章《幸运星期一》的诞生，令我们刮目相看。妈妈真的没想到，你可以凭空想象、即兴创作，而且情节动人，文风诙谐，内容富有童真童趣，这真的完全出乎妈妈的意料。随着写作的深入，过程中的许多困难、冲突不时涌现，作业和写小说的冲突，玩耍和写小说的抉择，睡眠与写小说的矛盾，面对爸妈的催促和唠叨，你显得吃力，不断地在挑战自己的极限。幸运的是到了最后，你已完全脱离爸妈的催促，慢慢喜欢上了写作。更让妈妈惊喜的是，你已达到了睁眼就能写、提笔就上手的境界，似乎都无须构思，信手拈来，下笔有神！

能在短短几个月的时间里完成一部6万多字的小说，你的想象力和创造力，真的很让妈妈佩服。曾经那个天真懵懂的小男孩，如今长大了，有了自己的思想，有自己丰富的精神世界，不知不觉你已变得强大，青出于蓝而胜于蓝，妈妈真的很欣慰，由衷地为你高兴。

大烨，未来的路同样布满荆棘，充满挑战，妈妈希望你依然坚强，不怕困难，砥砺前行！

内容简介

　　这是一本励志幽默的追梦小说，也是一本反映学生思想成长的校园小说。

　　本书讲述了一个叫夹谷墨的男孩，在小学六年的时光中发生的一些事。他从一个不懂事的嘎娃娃，在一次次敲打磨炼中学会了许多，成了一个有志向的青年。在即将告别小学生活、告别童年之际，他立下目标，发愤图强，争做祖国栋梁的故事。

目录
CONTENTS

第一章　幸运星期一

引子：我敢打赌，每个学霸都有这样的经历：早上一醒来就感觉不对劲，突然灵光一闪：又有作业没写！喉咙里有东西堵着。然后，那一整天都过得不好了。我有过不止一次这样的经历。

我还敢打赌，每个学霸都有歪打正着的经历。那我又告诉你，我也有这样的经历。

都说星期一是最黑暗的一天，一个周末眨眼间就过了，一大堆作业只写了一点点，家长签名还没签。早晨的光线十分邪恶，像是末日的前兆一样，紧接着，爸爸妈妈就被召唤过来了。"起床啦，交'房租'嘞……"嚷嚷声不断，

霜刀未曾试

SHUANG REN WEI CENG SHI

让我们这些害怕衣架的大懒虫像听了号令的军人一样，眼睛还睁不开，身子却已直挺挺地冲进卫生间。夹谷墨每天都重复这样的起床步骤。可今天，他起得比以往早多了，这并不是因为爸妈的催促，而是他的预感让他的生物钟重新设定，改在了六点半。弟弟夹谷砚还在睡梦中，他已匆匆地醒来，匆匆地检查，匆匆地抓起书包，匆匆地奔向通往学校的路上……

校门才刚开，衣衫不整的夹谷墨，边拉着前襟的拉链边往里冲，身后的书包敞开着，手上还拿着没吃完的豆沙包，十分邋遢，像一个社会中的二流子。

其实，夹谷墨平时并不是邋遢的人。他很爱干净，连一只小蚂蚁都不肯放进他的房间。上次夹谷砚不小心往夹谷墨脸上打了个喷嚏，他马上就吐了，吐完了又去洗脸，什么牙膏，什么肥皂，通通擦了个遍，导致他迟到一节课。

那为什么他今早如此邋遢呢？其实另有隐情。

他是602班的学霸，成绩一向很好，可有一个小毛病一直改不了——粗心。有一次考试，他答完题，又仔仔细细地检查了一遍，没有检查出来错误，他暗自窃喜，这回不是第二名就是第一名了，他仿佛看到妈妈答应奖励给他的、他梦寐以求的航模。谁知，试卷一发下来，明晃晃的50分，让他差点没晕过去。原因很简单，名字又没写！老师是这样评价的：该学生思维神经突出，唯独小毛病让人不省心。

今天也是一样，早上起来时才发现一篇八百字的周记又让他给"毛病"掉了。

他一下子就蒙了，一时之间不知自己身处于哪个星球，觉得自己喉咙里有一颗珠子，吞不下去，吐不出来，特难受。虽然写作是他的强项，但要在半小时内完成这么大篇幅的文章也是有些难度的。

在这方面他弟弟夹谷砚就做得比他好，每一次功课都做得极其细致。夹谷墨对此的解释是：我生在十二月，是个射手；弟弟是在午夜出生的，是个摩羯。我天性好动，很正常；老弟他生来文静，也很正常。但我做事认真负责，只是——只是有点健忘！

他到了教室，刚推开门，就被一个如山般大的躯体吓了一跳。这个大黑影飞快地向他扑来，在快撞到的那一瞬间，又迅速定住了，定睛一看，是发小张偏。

"这么早来，干吗？又想做偷鸡摸狗的事？"

"我只告诉你，别跟别人说！说了我剁了你！实际上是这样的，早上起床之后，我才发现不小心把周记作业给……"

"哦——"

"我刚刚说啥了？老实点！"

"我一定全力帮助！"

在走向厕所的小路上，两个身影都在沉思。"我知道了！就写今天早上这件事呗！你说呢？"张儒说。

"行是行，"夹谷墨有点犹豫，"但老师如果知道，岂不是不打自招？本来就做的是偷鸡摸狗的事情了，还如此坦白地向老师倾诉，你脑子里有虫吧？"

还没等夹谷墨说完，张儒就抢着说："俗话说得好，'树不要树皮，必死无疑；人不要脸皮，天下无敌！'哎，有一个大佬哥们儿给你撑腰，你还不知足啊？再说了……"

"得得得得，我服你了，我可吵不过你。"夹谷墨心知肚明，耍嘴皮子的功夫他可比不过张儒，说话像念经，念也念不完，还自吹能把死的说成活的，谁信呀！

在"残疾"号侧门里，夹谷墨笔锋大开，把脑细胞闸门开到最大，铺在张儒的背上，迅速地挥洒起来。"啊！

不容易！不容易啊！"说着就站起来。

两兄弟一站起来，双腿像无数只蚂蚁在啃噬。这对难兄难弟啊，立刻发出饿狼般的吼叫："啊！"一声惨叫响彻云霄，整个教学楼仿佛都安静下来。夹谷墨是个体育健将，站起来都腰酸背痛，更别说张儸那一尊弥勒大佛似的体格了。

几天后，作文改出来了。夹谷墨的作文竟然得了"真情实感奖"，被教语文的蔡老师狠狠地表扬了一番。后来老师把它拿去投稿，荣登了市级刊物版首，稿费百来块！

收到样刊的那个晚上，夹谷墨迟迟不肯入眠，怕过了这天，好运就没了。

第二章　三大金刚

　　引子：三个人的友谊常常很难长存。一个人感觉自己是老大，当了老大的那个人神气啊，可下面两个人不服，合起来整他……要么两个人在哪里玩，把另一个人给冷落了，要么……这样的事情不计其数。夹谷墨班的三大金刚也是如此，不信走着瞧！

　　夹谷墨班的三大金刚就是夹谷墨、张儒、陈轩烨，三人各有所长。陈轩烨是我们班的大学霸，每次都全校第一。张儒呢，自称是蛤蟆功的第54188代传人。一般张儒说的话，百分之九十九都是假话或者废话。中华民族上下五千年历史，他那族人就是每人活一个月也要四千多年，显然这又是一个不打草稿的"杰作"！所以，即使是发小夹谷墨也不敢轻而易举地相信他。说到夹谷墨嘛，他是全校跑步跑得最快的人，站在跑道上就像一枚即将发射的导弹。他曾破过省纪录，是田径队的主力，也是学校的骄傲。没人敢叫他玩抓人，叫他来简直是瞬间被秒杀，没一会儿全部的人都被抓住了。这样看来夹谷墨的人缘应是很不好了。但夹谷墨在其他领域的人缘是很好的，有许许多多的人想和他相处，甚至宁愿被夹谷墨使唤着，当他的小跟班。他不仅和同学有深深的情谊，和老师也有。他与我们的新教师"老潘"——一个一米八几的壮汉合得挺来，老是跟他打打闹闹，像一对父子。

全班人缘最差的算是陈轩烨了，基本上除了一两个差生小跟班，没有其他伙伴了。别人都叫他是"孤独的读书人"，笑他以后不会招人喜欢。

可陈轩烨不这么想，他可能是从小被爸妈宠惯了，总想着以高人一等的目光看别人，老是把别人看得低下，别人都得听他使唤。这就是夹谷墨厌恶他的地方。

三个人的最后一次碰面是在去年，期末考试结束后。那天陈轩烨打电话叫夹谷墨和张儡一起吃牛排，而夹谷墨

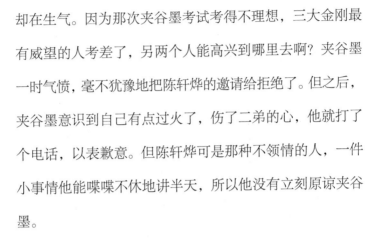
却在生气。因为那次夹谷墨考试考得不理想，三大金刚最有威望的人考差了，另两个人能高兴到哪里去啊？夹谷墨一时气愤，毫不犹豫地把陈轩烨的邀请给拒绝了。但之后，夹谷墨意识到自己有点过火了，伤了二弟的心，他就打了个电话，以表歉意。但陈轩烨可是那种不领情的人，一件小事情他能喋喋不休地讲半天，所以他没有立刻原谅夹谷墨。

夹谷墨和张傅都是特别开朗的活宝，整天无忧无虑的；而陈轩烨是那种每天只知道读书的书呆子，常常想方设法地刁难别人。所以，他们三个人的友谊，因为他们性格的差异，从此分离了。

陈轩烨之所以会跟夹谷墨、张傅闹在一起，是因为他们三个人的父母都是同学。当然他们都继承了父亲的身材，没有基因突变。张傅是那种"冬瓜类型的"；夹谷墨是那种肌肉很大块、腹肌硬得要命的那种；而陈轩烨长得瘦瘦的，脸上颧骨凸出。

夹谷墨从穿着帮宝适的时候，就与张傅玩得来了。他们三个互相认识还是在一年级的时候，开学的分享会上，他们才知道自己的爸妈是同学。

不知为何，夹谷墨对陈轩烨有种天然的厌恶感，所以他经常"开导"张偓，叫他不要跟陈轩烨玩，然后编造了一些丑闻，说陈轩烨虽然外表"道貌岸然"，但内心是你想不到的幼稚。当时的张偓是一个幼稚单纯的小孩，还是在那种懵懂年龄，虽听不懂比他大比他懂事的夹谷墨说的话，但还是记住了一些，甚至影响了他对陈轩烨的态度，从一年级时他就厌恶陈轩烨，认为陈轩烨的成绩是虚伪的，别人问他为什么讨厌陈轩烨，他就回答是天生的。

　　但他为什么会跟陈轩烨称兄道弟呢？那是因为爸妈的催促，迫使他们这么做。做了朋友以后，张偓倒觉得陈轩烨没有想象中的那么糟，还觉得他挺好玩的。那次"牛排事件"以前他们三个人还是挺好的。

　　"牛排事件"过后，夹谷墨那童真的想法又上来了，又开始讨厌陈轩烨了，经常时不时地顶陈轩烨，常常让陈轩烨难堪。开始陈轩烨以为这是兄弟之间的玩笑。有一天，不知道是班上哪一个闲事鬼，和陈轩烨说了一些谣言，让陈轩烨知道了夹谷墨不是在"逗"他，而是在刁难他，顿时火冒三丈，还说出了"不到黄泉路，永不再相见"的绝情话，这如同一桶凉水一下子倒在夹谷墨头上——他没想到事情会发展到这种地步。

接着的一个月，他们就再也没联系过，夹谷墨打陈轩烨电话，他也不接。在学校里他一下课就不知跑什么地方去了找也找不到，张偏说："你那恶习又来了，小时候我太傻，都是信你的；长大了我聪明了，不信你了。你看看，又把他给弄上山了，开始当隐士了……"说罢，一副也想跟夹谷墨绝交的样子，大踏步走出了班级。夹谷墨觉得心里凉凉的，比喝药还难受。

他想回到原来，但做不到。

此时此刻，在家里看书的陈轩烨也望着天空，在想"什么时候他们才能向我负荆请罪，我们三个到底什么时候才能和好，什么时候才能接着玩耍……"

第三章　踩"钉"风波

　　引子：蝉声鸣叫，哨声吹响，夕阳照射在一些疲惫不堪的背影上，这都是接受训练的运动员们。全校的奇才都被拉过去受苦，可体育老师往往觉得把他们叫过来是理所当然的，觉得把他们抢拉过来是对奇才们的重视。

　　身为田径队队长的夹谷墨，一到训练时，就感觉全身乏力，精神不振，为啥？那是因为田径队队员不听指挥。

　　以前，仅仅只有女生娇气，跑步时打打闹闹，不听指挥，男生还很听话，还算好管。而现在，女生比以前好了，反而有的男生开始耍起了娘娘腔，有的甚至比以前的女生更恶劣。久而久之，整个田径队开始乱起来，甚至有时夹谷墨也会跟着一起打闹。校长找过夹谷墨好几次，让夹谷墨要先做好自己，给别人做好榜样。过了一段时间，校长杀鸡给猴看，开除了一些调皮捣蛋的。可这帮孩子啊，软交硬攻很难缠，倒是顽强的体育老师坦克装甲列车——拼命且刚强。之后的田径队就像一望无际的大海，队员像一只小纸船，漂也漂不到边。

很快市运动会到了。来自全市的高手来到了这角斗场上，一些是夹谷墨的死对头，老是跟他抢第一。每一次都想方设法跟夹谷墨打心理战，有的时候还跑到了夹谷墨的旅馆里，敲门给夹谷墨讲什么人生微观宏观。当然，夹谷墨不吃这一套。

入住旅馆的那一天，夹谷墨和郎鹏裕（铅球健将）在健身房锻炼，夹谷墨在联网跑步机上和别人比赛八百米，而郎鹏裕呢，则在举一个五十斤的大球。

"鹏裕，明儿比赛有把握拿第一吗？"夹谷墨冲过最后五十米，与其他参加比赛的联机选手说了声拜拜，坐在长椅上说。

"我是很有把握的，就不知你有没有呀？"那比张偑还大块的家伙，折腾了一晚上，终于把那难缠的球给举起来了。

在田径队里，郎鹏裕的地位相当于班级中的张偄，算是夹谷墨最好的朋友，不知为啥，夹谷墨的眼光似乎都看重胖子，可能是觉得胖子憨厚值得交往吧。

一般大家都是这样。

这天气总是出人意料，刚刚还蝉声鸣叫，马上就雷电翻滚了，总感觉预示着什么事要到来的样子。

第二天比赛开始了。

夹谷墨整装待发。他像往常一样做好热身，准备再破自己创下的省纪录。他穿上钉鞋，使劲地跺了跺。这一跺不要紧，也不知是谁，在操场上放了根立钉，夹谷墨也是倒霉，一跺就踩上了。

"啊！"夹谷墨惨叫着，将受伤的脚艰难地抬起，碰了碰那根钉。那上面的纹路像一个个惊险狡诈的恶脸，对着夹谷墨笑，真是此时无声胜有声啊。他想是哪个没良心的放一根尖针在操场上，刺他的脚。

别队的阵营传来一阵阵笑声："哟！这夹谷大仙是咋的了，看着好疼哦！"夹谷墨气得想打人，可他无力还手，毕竟脚掌被戳了个洞。

肯定是那几个。

夹谷墨被老师快速地送到了医院。躺在医院的病床上，看着自己的脚被白绸布挂着，没有一点儿动弹的空间。夹谷墨十分气愤，他不时地用拳头狠砸着床铺，还想站起来，可那疼痛不允许。闹完了，打够了，他平静下来，想着他那张破省纪录的奖状，抚摸"暂时停赛协议"，无名的泪滴落到那张白床单上，越渗越开，越渗越升……

过了几天，体育老师和另一个高大的男士提着一箱牛奶和一个档案袋敲响了病房的门。夹谷墨正在赶作业，被这突然的敲门声给吓了一跳。毕竟现在是上班时间，一般没有人来敲门，就连夹谷妈最近也出门拍戏了（因为她是个演员）。

"进来！"夹谷墨大喊。

"夹谷墨，我是体育局局长，听过你的大名。"那高大的人亲切地对夹谷墨说，"我们查过监控了，是H县的人放了根竖钉在操场上，故意刺你的，我们颁发给他们两张终身禁赛状，这也算安慰你了吧！""那好吧。"心中的疑惑被解开了，夹谷墨原来的那种开朗劲儿又上来了，把这件事抛在脑后了。

夹谷墨的爸爸是不咋关心夹谷墨的,他爱的是夹谷砚,夹谷墨的妈妈才是那个最疼夹谷墨的亲人。最疼夹谷墨的外人是"老潘"——学校的小巨人,一米八几的壮汉。可自夹谷墨受伤以来,"老潘"一次都没来看过他,他也不知道为什么,后来才知道,"老潘"得了破伤风,而且就在隔壁。

　　世上巧事多啊!

第四章　单鱼

引子： 每个班都会有几个不开朗的学生，天天独来独往，没有一个正儿八经的朋友。夹谷墨很想帮助这些五行缺友的人，想跟他们闹在一起。可那些人还很排斥，关键看你用心了没有。

夹谷墨的同桌叫余凯，一米三的个子，纽扣大的眼睛，脸上还有一些不均匀的小脓包，眉毛粗粗的，头发乱七八糟，布满了头皮屑，一看就是个小脏孩儿。

他在班里平时也不讲话，一下课就是埋头苦写练习，而且咋写也写不完，真看不出来他对自己的要求怎么这么高。

他也没什么特长，跑步跑不快，垒球扔不远。唯一的强项就是他那五年练就出来的手速，夹谷墨写一个字的时间他能写两三个字，但准确率不高。

他天天独来独往，吃饭一人，上厕所一人。他没有一个像夹谷墨和张偏一样的发小，也没有一个铁杆子兄弟，甚至连他堂兄经过都低着头不打招呼，装作不认识。班主任在班级里已经说了上千遍了，要对余凯好一点儿，和他做朋友。可班上的人就像一块天生的异级磁铁，没有一个人和这个同学相互吸引。

所以我们班上的人就管他叫"单鱼"。

不知是什么时候，余凯变了，不是变得开朗，而是变得悲伤。每一次下课都往厕所跑，而且回来上课时眼中还闪着泪光。

也不知有什么事情，问他他也不回答，依旧像往常一样埋头苦写，只不过手速不快了，开始有些手抖而且作业本湿了一大块……

后来的一天，夹谷墨心血来潮，想"批斗"一下单鱼，问一个青红皂白出来。他把余凯的铅笔盒偷偷地藏起来。当他发觉时，夹谷墨才说是他藏的。余凯听后脸色发青，怒火中烧。

"还给我！"一声尖叫传出他的喉咙，整个班一下子安静了下来，每个人都能听到余凯那粗粗的喘气声。

接着，他哭了，再接着，夹谷墨被喊进了办公室。"夹谷，"老师说，"你是班长，你要照顾好你同桌，他是咱班最特殊的学生，因为他爸爸妈妈都……唉！"

夹谷墨如梦初醒，啊，夹谷墨开始忏悔，原来是这样，怪不得他成天乱跑……是为了……他在回教室路上时才恍然大悟。

秋天到了，一片火红的枫叶落在余凯的桌子上，落在那本日记本上。教室里没有其他人了，只有余凯还在座位上等着，漫无目的地等。有点像电影里的场景。一阵秋风吹过，掀起了那日记本的一角。翻了几页停住了，日记的首行上写着"爸爸妈妈，明天是我生日，你们可以来看看我吗"。说着，他的眼睛湿润了。他合上了那本日记，用笔在桌子上画了一个没有轮廓的小蛋糕，接着他双手合十，许了愿，接着，他用脏手背抹去笔墨，对着它吹了口气，趴在桌上睡着了。

夜深了，余凯无家可归，冷风吹在他身上，他打了一个哆嗦，眨了眨眼，又睡了过去。

夹谷墨那天躺在床上一夜无眠。他后悔着，他后悔他一整天的所作所为，他后悔欺负余凯，因为伤了他的心。

第二天，夹谷墨趁余凯去上厕所的机会，对全班的同学说："今天是余凯生日，等他回来给他一个惊喜！来，大家坐好。"同学们也很关心余凯，马上开始行动，立刻坐好，等他回来……

门开了。面对全班的安静，他首先望了望讲台，看见没有老师在讲台上才松了口气，大胆地把门推开，然后以奇怪的眼神看着夹谷墨他们。夹谷墨轻咳一声，大家明白过来了。

"余凯生日快乐！"全班人的祝贺还有几个别班的同学的唱和，让余凯觉得十分开心，又十分惊讶——竟会有人知道他的生日！

他那双小小的眼中流露出了无限的喜悦与快乐，一股热泪从他的小眼眶，一直流进他的心底深处……

以后的余凯开始乐观起来，下课也不躲藏了，与其他同学一起玩起来了，班上的人也开始关注他，与他搞好关系。几段像夹谷墨和张偏那样的朋友情，开始衔接，开始建立。

余凯在班里成了"大红人"。

隔了两天，余凯似乎真开始用功起来，作业都全对，考试九十大几，瞬间变成了班上的学霸，越来越多的人开始崇拜他，尊敬他。最后，他的成绩竟然能和夹谷墨相提并论，就连他自己也不敢相信。最令夹谷墨惊讶的是，陈轩烨竟也成了余凯的"俘虏"。

余凯的脸也变得干净了，原来黑黑的脸瞬间变得白皙了，原来余凯这么帅！

余凯成了全年级的明星，整个年级都知道他了，再没有一个人藐视他。

余凯的事迹被校长知道了，校长忙问班主任，班主任老师也说不出个所以然来，毕竟那天的祝贺并没有通报给老师。后来，校长在周一的大会上隆重地表扬了余凯，说他是一个励志上进的学生。

第五章　子弹与导弹

引子：众所周知，子弹的速度比导弹快，但导弹飞得比子弹远。它俩各有所长，各有所短。夹谷墨与其他的跑步健将就是如此。夹谷墨撑到最后就吃不消，可别人还在顽强拼搏。接受能力差的人，很容易受到很大的打击。

有的时候，事实总是不按你的思维来走，总与你反着来，你想往东，它偏往西。

体育是夹谷墨最喜欢的科目了，每一次体育课都是夹谷墨的表演，用一些花式的跑步姿势在秀。一会儿一个前打转，一会儿一个后空翻，可牛了。班上的同学都羡慕夹谷墨的弹跳力很好。

每当短跑的时候，夹谷墨都是远远地冲在最前面，没人能赶上。夹谷墨站在终点处遥望，一大群人，迈着整齐的步伐，向夹谷墨奔来，这是何等荣耀啊！

每一次的体育课都是夹谷墨的天下。

可慢慢地夹谷墨长大了，他现在五年级了，体育新增了一个项目：四百米。这是夹谷墨在田径队中最头疼的项目。因为四百米，夹谷墨已经被老潘剋了好几次了。他一看到四百米就两眼直冒金星，又气又怕啊，再被骂就没面子了。

可该来的还是来了，这节体育课就跑四百米。他的那股兴奋劲儿一瞬间掉进了百米深渊，拉也拉不起来。以前他走路都是抬头挺胸的，而今天他却耷拉着脑袋，连走路都扭扭捏捏的。

"夹谷，你咋啦，不开心啊？"张偏很关心夹谷墨的一举一动。

"四……四……四百米来了！我怕怕！"他说到最后都快哭出来了。

"没事啦！我不是每次考每次都不过吗？没什么。"

张偏说话的声音像只猫。忍了好久的夹谷墨一下子笑了起来。

"你个大老爷们儿，说话像只猫。笑死了！"

上课铃声响了，夹谷墨全身发抖，鸡皮疙瘩一大堆。

过了一分钟，咦？老潘呢？他咋不按常理出牌。全班人都在想，都觉得不对劲。就在大家讨论正欢时，走来了一个比老潘矮小的身影。不知道是新调来的，还是来代课的。

他走近了队列，身上穿着一件阿迪的运动服，看着很新。脖子上戴着两个哨子，走路时叮当响。

"我是代课老师，你们的潘老师出差了，叫我来代课。"他说话很老练，嘴角一动一动的，平添了一股见多识广的气息。果然不出夹谷墨所料，他说话百分之九十九都是知识，讲了半节课，像讲了一节历史课。

这二十分钟对夹谷墨来说是一种享受，而对张儒来说是一种煎熬。他煎熬的是竟然有一个人比他的口才还好，这对他来说简直是一种侮辱。

该来的还是来了，四百米还是要跑的。站在起跑点处的夹谷墨心中有无数个不满与惧怕，就好比一头在刀口之下的猪，在凄惨地哀嚎着。

"哔！"

那哨响划破了刚才的吵闹。许多人还没准备好，听到这哨声那帮人更是不知所措，还有一个人往后面摔了一跤。但夹谷墨在各就位的时候可是百般认真啊，毕竟也是比赛的常客嘛！运动员听到"各就位"都很敏感。

"我可以选择不跑吗？"夹谷墨嘀咕着，脚步也慢了下来，不再像短跑那样起劲。

"哈哈，夹谷墨！好烂哦！还跑步健将，我看是'跑步贱将'吧！"跑在后面的死对头楚渚用最快的速度顶了上来。那小身板子还嘲笑夹谷墨，他可以分分钟把楚渚干掉。

可今天夹谷墨没这个资本，因为他对这个本来就不擅长，他也不是没有自知之明，一个外行嘲笑另一个外行，不是脸皮厚就是不懂装懂。

他仰望着天空，不知什么时候又要面临着一场批斗，这让夹谷墨斗志大发。

他大叫一声，看见终点离他还有半圈距离。豁出去了！

此时的楚渚早已筋疲力尽，在终点前六十米晃悠。"我是第一。"他想。可他连嘀咕的力气都没有。这时的夹谷墨两眼放光，在电光火石之间，他使出了全力，向终点冲去。"嗖!"夹谷墨从楚渚的身旁擦过,一下子跨过了终点线。

"什么?"楚渚愣住了。还没等他说完,他身后的人都一个接一个地超过他,"不!"

他连说话的力气也没了。

夹谷墨又把一句人生哲理收入囊中:一个人要能屈能伸,如山杉苇刚柔,虽然毫无刚气,但终究可免祸!

第六章　厨艺大赛

引子：每个人都有所长，有的人爱好体育，有的人爱好文学……可有些家长就是一个劲儿地让孩子学啊学，学没学出个名堂，反倒家里砸锅卖铁，天天咸菜配包子。

星期六早晨，天刚刚露出了鱼肚白，夹谷墨就起床了，嘴边还挂着牛排的滋味，他还在想着昨晚电影《毒液》的细节。妈妈总是那么早，每到星期六会起得更早。因为，今天是夹谷二兄弟最繁忙的一天，他们要补习一整天。

妈妈是演员，天天想望子成龙，给兄弟俩报了很多补习班。特别是夹谷砚，夹谷墨总觉得弟弟有点智商缺陷，说起话来一顿一顿的，像一个口吃患者，再加上他成绩不好，不像夹谷墨这样精明。有些时候身为三杠的夹谷墨，也被别人嘲笑一个大学霸却有一个不成器的弟弟。在学习方面，夹谷墨比夹谷砚好好几倍的。这也是妈妈喜欢夹谷墨的原因。

夹谷墨也会在平常刷刷存在感，偶尔会提议等夹谷砚在补习时，让妈妈带他出去逛逛，去串串门。当然，妈妈虽然把四分之一的精力放在夹谷砚的身上，但是更爱天天让夹谷爸、夹谷妈满面春光的夹谷墨。

夹谷爸年轻时是一个赤脚医生，与乡下人生活在一起的，天天在山坡上跑来跑去给乡亲治病的医生。由于夹谷爸天天被"捞唧给"（闽南话，老人）洗脑，一些思想也有变化。比如，老人都是比较爱小的儿子。夹谷爸也这样。从小到大，以乖巧著称的夹谷墨，被狠揍的次数竟比以呆萌著称的夹谷砚多！夹谷墨信也不信。

不知道是谁告诉了妈妈这个消息，说最近社区要举行一个少儿厨艺大赛，奖金有好几百。这个我行我素的妈妈，看到什么都要尝试一下，不管有没有资本。夹谷墨对烧菜做饭一窍不通，夹谷妈叫他去买包盐，他买成糖，那一次虽然被批了个狗血淋头，但却挣得了一次出门吃饭的机会，也算是一份教训一份收获啦！接下来的几天，妈妈的魔鬼训练正式开始。首先就是教夹谷墨怎样去辨别盐和糖……

在厨艺方面，夹谷砚是比夹谷墨强很多的。夹谷墨就连最基础的煎鸡蛋都要给煎锅燎几个血泡来。在学习上，是夹谷墨看着夹谷砚被爸妈批评，而现在，看着夹谷墨被妈妈数落，夹谷砚内心可真的是开心得不得了。夹谷墨可难受了，毕竟之前都是占上风，没有到底层生活过，那滋味，真是五味杂陈！

熬过风雨，就可以享受阳光照耀，自从手上留下了一个个伤疤以后，夹谷墨的悟性急速提升，现在竟会做剁椒鱼头、宫保鸡丁等，不容易啊。而夹谷砚却在原地踏步，成天在那里指挥来指挥去，连原地踏步都不清楚是怎么踏的。之前会做西红柿炒蛋，现在还是没变，只不过多加了点盐而已，口感没有好到哪里去。

到了初赛的那一天，社区广场上挤满了人，高的，矮的，胖的，瘦的都有。横幅拉了好几条。社区主任用了好几个大话筒，扯着嗓门儿大声喊都无济于事，人群依旧沸腾着，像一锅热水。

渐渐地，人群安静了下来，狼狈不堪的社区主任一边理着凌乱的头发，一边抓着话筒继续指挥。待一切准备就绪，主持人便开始说话了。

"尊敬的各位领导，各位来宾，大家下午好！"一片热烈的掌声响起。

"出席本次活动的领导有……"

这些官方的语言夹谷墨都能背个滚瓜烂熟。"今天参赛的选手有……"

就快到夹谷墨了，他的小心脏跳得异常快。"夹谷墨，上场！"

他只觉得耳边老是回荡着刚刚的那句话。夹谷墨的脑袋还没有命令脚上场，脚却已走了上去，没一会儿便走到了自己的炉灶旁。

瞅一眼炉灶，在眼前的，不是什么鱼啊虾啊，而是一条短短的胖黄瓜，看来是一道凉菜。"今天的命题是，"社区主任边说还喘着粗气，话筒里的声音几乎一句也听不清，但最后的菜名却读得很大声，"蓑衣黄瓜！"

顿时，全场沸腾了，他们都在说这道菜太难了。

在别人吵吵闹闹的时候，夹谷墨在绞尽脑汁地搜索，他的食指在太阳穴上揉，眉头紧锁，鼻子里喘着粗气。夹谷墨也是一位强者，他不想与那些搅乱者一起搅和，他只想做好自己。

渐渐地，夹谷墨失去了信心，于是他抬起头来，不抱任何希望地想求助大家。不知道是不是天意，让他看到了一家店，这家店上有一个"CCTV"的大标志。夹谷墨来不及细看，马上抄起菜刀来。

夹谷墨不是一顿猛切、乱切，而是他想到了电视里的综艺节目——"舌尖上的中国"。平常夹谷墨也不看美食节目，可是家里闭路电视没交费，有些频道收不了，只留下几个台，刚好那集讲到了烹饪技巧，讲到了蓑衣黄瓜的制作方法，说是要切两百四十刀。

好了，开始吧。

时间在吵闹声中流逝，也在夹谷墨的刀下流逝。

"好了！"夹谷墨大叫一声，瞬间全场安静了下来。那些群众，刚刚还在争吵的，现在嘴张得都可以塞下一根大黄瓜，而那些评委们却满意地笑了起来。

这一次比赛，评委对夹谷墨给予了一致的好评：色、香、味、速度皆具，完胜。

第七章　鹦鹉学舌病

引子：身边的人也许会给你带来不快之感，比如你看见自己的东西在眼皮子底下被人抢走，如果不举报就得忍了这口窝囊气，如果出手打人就得忍受不断的唾沫星子，内容便是你从小听到大的：你们双方都有错，你不应该……

谁也不想这种事发生。

夹谷墨这个人性格不错，待人友好，可惜有点"上火"，看人不爽就想揍，上次在英语补习班把一个"相扑选手"给揍流鼻血了，他也不明白自己哪儿来的大力气把一个胖子按在地上蹂躏。

有的时候夹谷墨根本控制不住自己的情绪，所以导致失控。

夹谷妈年轻时算是班上的女学霸，可是当时的教学水平还比较落后，以前初中教的现在小学就教完了，所以即使是当时最强大的学霸，也有可能比不了现在一个乳臭未干的小子。

所以夹谷墨现在的四科水准已经远超夹谷妈了。

有一次夹谷墨的奥数班有道挑战题，夹谷墨想问一下妈妈，说是要问妈妈，其实是自己想测试一下妈妈的智商有没有掉线，因为最近她老是说自己老了。

那道题一放在夹谷妈面前，她瞬间满脑黑线，眼睛里闪着暗淡的目光，平日那种无所不知、无所不能的目光瞬间消失得无影无踪，看着像一个小孩子。

时间就在夹谷墨的惋惜中慢慢流失，至于为什么惋惜，那是因为妈妈老了。终于夹谷墨想公布最后的答案，于是他说出了算式，以及他的思路方向。妈妈听了，突然像茅塞顿开了一样，把夹谷墨刚刚所说的又给复述了一遍，接着又是那种目光。还是这样，还是这样……明明知道她自己不会，还逞着能，认为自己很会的样子，实际上并没有真才实学。只不过是复述了一遍夹谷墨所说的话而已。

夹谷妈是夹谷墨发现的第一个鹦鹉学舌病患者。

鹦鹉学舌病的病毒越来越猖狂，这种病毒计划着向全班、全校……蔓延开来。

开始时，夹谷墨看到了前桌，班里头第三优秀的男生（第一是陈轩烨，第二是夹谷墨），仗着自己那芝麻大小的头衔，天天在教室对别人"嘘寒问暖"，惹是生非。牛起来都不知天高地厚了。在别人发言的时候，一唱一和，指指点点，夹谷墨说一句，他复述一遍，说一句复述一遍。甚至还会冒出一些根本不沾边的词语，比如老师在讲简便计算的时候，夹谷墨起来回答问题，接着"第三优秀"明明知道自己只有那三脚猫功夫，还逞着能，说一些不着边际的话。夹谷墨看这种人很不爽，要不是他已慢慢学会控制，不然早出手了。

接着，这种病在全班迅速传开了，每一个人几乎都患上了这种症。这可把夹谷墨给急死了，再这么下去，我的小心脏可忍不下去了。

这可真是一个难搞的活，开始的几天夹谷墨几乎是天天都处于失眠状态，晚上睡不着觉，白天又有一种莫名的多疑，总是疑神疑鬼的。

还好夹谷墨强大，不然早就被"病魔"侵蚀了。他首先是怂恿了几个女学霸，跟她们说了自己的苦楚。那帮女生也深深地感受到了这病毒的入侵，愿意帮夹谷墨，所以夹谷墨有效收服了女生那部分。至于男生，夹谷墨也是说服了几个铁杆，并通过几个铁杆的努力，硬生生地把这疾病扼杀在了二班，没有传染给全校。

第八章　年味儿

　　引子：最热闹的节日当数春节了，阖家团圆，走亲访友，辞旧迎新，这不都是形容它的吗？而小孩最大的乐趣就是放鞭炮了，除夕的炮声，是一年中夹谷墨无法忘怀的。

　　伴着春晚的余音，那久违的鞭炮在那飘着薄雾的空气中绽放，盛开。随着一朵朵烟花的炸响，整个世界像是沸腾了一样，十分梦幻，充满想象的空间。虽然有梦幻的气息，可鞭炮声还在脑海里回荡，像一个个水漂，泛起一个个深远的涟漪。打头阵的烟花灭了，其他的，像潮水一般从尘世间、从海岸线涌到这个城市的每一个角落。

　　烟花的颜色数不清，吸引了回家团圆的叔叔、伯伯家孩子们叽叽喳喳吵个不停，年幼的弟弟们跪在餐桌的椅子上，向往地看着那一朵朵花在不同的地方绽放。小小的手在空中挥舞，在空中招摇，与那些烟花招招手，烟花也用响声作为回应。弟弟们那小小的眼睛里充满了喜悦，也充满了五颜六色、五彩缤纷的烟花。

这个时候，爷爷已经睡了，只留下奶奶还在厨房里忙活，弟弟们却迟迟没睡，还在那里玩耍。大妈、婶婶没办法，强忍着睡意在那里陪着两个小家伙玩耍，顺便唠个家常。

每当这个时候是我最幸福的时候，也是我家所谓的团圆。

除夕的炮声依旧没散，还在那里接连不断地响着。初一的早上，夹谷墨家吃的是汤圆。

早晨一起床，对新的一年说一声早安，便开了门。

客厅里异常热闹，奶奶还是那样勤劳，早早地就在厨房里忙活了，锅里冒着烟，还散发着一种甜甜的香味。这种香味很熟悉、很亲切。爷爷在说着不知道说了多少年的事儿，可是不管说多少，都说不完他们对现在生活的满足。

小弟弟们还是那样生气勃勃、那样可爱，在客厅里打着滚，咯咯地笑着。妈妈辈的在看着这些好玩的娃娃，心中的幸福感油然而生。她们议论着："这么一窝的男娃该怎么办啊？""是啊……"在语言当中，虽然听着不满，但掩盖不住对这帮小家伙的喜欢。

"开饭喽！"奶奶用那种像唱山歌的腔调喊着。

随着那一声喊，整个客厅里的人争先恐后地跑向餐桌，大人也像小孩一样跑起来、吃起来，虽然幼稚无比，但却显得年味儿十足。

调羹碰碗壁的声音是多么美妙。远处，那炮声还是络绎不绝地响着。

第九章　乐乐老师

引子：什么是老师？就是那种会给你带来知识和灵感，以及那些方式与方法的人吗？嗯，好老师就是人生中的一盏灯塔。

夹谷妈给夹谷墨报了一个补习班，一个英语补习班。

虽然夹谷墨的课内英语很不错，几乎次次考试一百。可进了那个补习班，夹谷墨才领略到什么是"强中更有强中手"。

星期一下午，伴着愉快的下课铃声，夹谷墨兜揣两块钱，奔向公交车站。随着公交车上的阵阵颠簸，以及海鲜的臭味，他下了车。

"咳咳咳！"夹谷墨被浓烟给呛到了，"什么味道，竟如此熏人。"

九亩丘大楼矗立在南塘工业区，虽然这里柏油马路道道通，但是人却不是那么多，有一种说不出的凄凉。

登上了那架电梯，夹谷墨把一到五楼都按了一遍。因为是第一次来，愣冲冲的，没问清教室在几楼。

随着电梯的叮咚响，夹谷墨上了楼，每一楼都很认真地看过。终于，他在离上课还有三分钟时赶到了。

听夹谷妈说乐乐老师是一个很不错的老师，师德好，学历好，真可谓"品学兼优"。

夹谷墨推开了门，教室里除了坐着的同学，还有一个年轻漂亮的女子，想必这就是传说中的乐乐老师。

"小宝，你来啦！"老师说。这个声音有些像电影里那些仙姑的声音，搞得夹谷墨挺尴尬的，毕竟他和老师才刚刚认识，可这位老师却像很早就见过他一样，这样熟识，这样亲切。

"呃呃呃，老师好。"夹谷墨支支吾吾，像一个趴着还要爸妈帮忙翻过来的小孩一样。

"你坐在那个胖胖的同学身边。"夹谷墨往教室里看了一下，突然笑出声了，只见里面有一对大眼睛正在死死地盯着夹谷墨，那人把腮帮子鼓得滚圆，活像一只大青蛙——原来是张俪这个大块头啊！

夹谷墨很开心地坐到了张俪旁边，问着："胖胖同学，你怎么来的啊，为什么不和我说一声啊？"

"报告长官，我张某乘七号公交车来也，由于天气原因，道路湿滑，所以没来得及向您通报就过来了。"张俪说完，又是夹谷墨进教室时的那副表情。

开始上课了，夹谷墨真的是对张俪无语了，这么简单的单词都会弄错，比如把蛇的英文"snake"弄成了绳子的英文"rope"，还有很多很多让夹谷墨很想和他绝交的错误。

接下来的课程几乎都是在这样的欢声笑语中度过的。

夹谷墨也慢慢地接受了这个现实，现在都开始和张俪一起疯了。

班上的人看见夹谷墨和张俪这副模样，感觉挺好笑，就给他俩取了个"英语班俩疯子"的称号。

就这样，夹谷墨的一些好习惯也被张俪给带跑了。有的时候上课他会和老师顶嘴，有时候课前的听写越错越多，最后简直到了夹谷墨自己都无法忍受的地步。当然，老师乐乐都看在眼里。

有一天，夹谷墨刚刚听写完，在课间休息的时候，乐乐老师把夹谷墨叫到了办公室。

"夹谷墨，你和那个胖胖同学是什么关系？"老师问夹谷墨。

"他是我发小。"夹谷墨回答，脸上的惊恐明显少了许多，可能是因为老师心平气和的语气吧。

"我知道你是一个优等生，不喜欢被老师说，你和张偏说一下，叫他下次上课的时候不要打扰你，这样你就可以进步。"老师说。

夹谷墨好像是遇到知音了，因为老师刚才说的就是他想的。

就这样夹谷墨的英语水平突飞猛进，英语补习给他带来了很好的体验，有一句夹谷墨名言是这样说的："真正的强者是不在乎别人的，做好自己才是本分！"

第十章　明星的诱惑

　　引子：星星有很多种，有的是流星，有的是彗星，有的是卫星。每一种星都是一种人的化身，你是哪种星？

　　最近夹谷墨的手机很慢，而且成天叮咚叮咚地叫，每一天微信朋友圈里都在刷明星徐土申的照片，这名字取的，都让人不想看了，可他就是被那么多人捧着，就是摔不下来。

　　有人说过，一个追星的民族将是一个没有希望的民族，夹谷墨十分赞同这一观点。

　　最近夹谷砚也开始喜欢上了徐土申，而且十分疯狂。

　　开始，夹谷砚天天捧着手机，在找徐土申的生平资料，当然夹谷墨也不好管，因为这属于人身自由权。可后来夹谷砚回家的时间越来越晚，而且晚饭也吃不下。在夹谷砚的世界里，充当哥哥的角色是不好玩的，而且想让他改掉某个习惯也不是那么容易的。夹谷墨的第六感告诉他，夹谷砚的这类反常的举动，一定另有隐情。

幸亏夹谷墨人脉广，向夹谷砚的好朋友、四班学霸欧阳林海打听情况。恰好欧阳林海也正为夹谷砚着急，他说："夹谷砚一下课，就和一堆人拥在一起，拿着手机，聊着明星，没有了以前那种安静。我恨不得跟他绝交……"

夹谷墨听了这件事，在心里喊了声"要命"。别了欧阳林海，马上冲回家中，甚至忘记了还有一节课没上。

晚上，还是那个时间点，夹谷砚非常准时地到家，他关了门。

晚上夹谷爸值班，所以没回来吃饭，夹谷砚很不开心，因为夹谷妈对夹谷墨更好，夹谷爸不在家，就得不了宠。夹谷墨可不在意得不得宠，他只要夹谷砚开心就好了。

很多人在外头很雄，在家里很尿，夹谷砚就是这样。在学校里端着架子，可到家就开始静了下来，什么话也不说了。就是因为他的不言不语，导致夹谷墨没有找到破绽来揭穿。

好不容易等到某天晚上全家都在，夹谷墨一直在爸妈边上等着，在寻找破绽。可夹谷砚像是堵了塞子的瓶子丝毫不透露任何在学校里的事。直到要上床睡觉了，夹谷墨还是没找到。于是，晚上，夹谷墨又是一个不眠之夜。

夹谷墨的房间也被夹谷砚搞得乌烟瘴气的，他俩的床边贴满了海报，都是徐土申的。每一张照片徐土申的样子都不一样，但是都是一样地目中无人，一样地高傲自大。

夹谷墨看着他那撩人的表情，心中充满了愤慨——如果整个国家的青少年都像夹谷砚这样，自作多情，还天天追这个星那个星，不务正业，这个国家就真没希望了。

过了几个月，这股"徐土申热"才慢慢退去，夹谷墨也稍微放松了一点儿，因为夹谷砚的班主任叫夹谷妈去了一趟学校。

那一天下午，午休后的第一节课，夹谷砚班的班主任从楼上下来，正巧看见夹谷砚一班人又堆在一块儿，班主任觉得不对劲，就告诉了夹谷妈，让她来了一次学校。

直到老师和妈妈逼问到傍晚，夹谷砚才说出了实情。原来，夹谷砚有一天拿着手机在玩，突然被人拉到了一个群里，都是学校里不好好学习的那些人，刚进去，那帮人一直在刷屏，全是徐士申的照片。出于好奇，夹谷砚也搜了一下他的资料，本来是没多大兴趣，后来一到学校，看见班上的人都在讨论徐士申，所以夹谷砚一回家就着迷搜索，而且信息量很大。当那帮同学再提起的时候，夹谷砚就娓娓道来。然后每天都如此。渐渐地，大家爱和他在一起了，接着，就……

　　夹谷墨现在才懂得追星有多么严重，所以也劝诫了夹谷砚不要再追了。

第十一章 巧克力风波

引子： 人总会有自己喜欢与不喜欢的东西，就比如有人要吃咸的，有人要吃甜的，萝卜青菜，各有所爱。对于不同的东西，每个人都会有自己的看法与行动。

夹谷墨一家很奇怪，痘痘长得很厉害，夹谷妈说是一家人肝火太旺，导致长痘痘。

夹谷爸年轻的时候长痘痘长得很夸张，怎么个夸张法？就是光挤痘痘，挤得一个不剩，要花上几个星期。当时的夹谷爸满脸都是痘痘，一个个小白点，看着难受死了，所以才导致了夹谷爸现在的火星表面似的脸。

夹谷妈在当时算是她们那一个区域的鲜花了，一方面是夹谷墨外婆家那里也没什么花；另一方面是有的花因为长痘痘断送掉了，夹谷妈的好几个闺密就是这样。不过这不代表夹谷妈不长。别人长痘痘都是长在脸上的，而夹谷妈的痘痘却是长在背后，所以大家看不出来。那个时候夹谷妈因为这个难言之隐，每天睡觉的时候都必须侧着睡，不然压着痘痘可难受了！

而现在，在夹谷墨大陆的第一枚痘痘导弹在他的头皮上炸开了。

这是在星期六早上发现的，夹谷墨早上在洗脸的时候不经意地撩起了头发。

"啊！"夹谷墨大叫一声。夹谷砚和夹谷妈都闻声赶来，"我长痘了"。

夹谷砚差点笑出声来，就这么一点儿小事何必如此大惊小怪。夹谷爸最不关心夹谷墨，所以是最后一个到的，看了一眼夹谷墨，那眼神有点像斯内普（《哈利·波特》中的人物），"长痘痘了，要多吃鸡、鸭、猪、牛、羊肉，多喝开水，多吃蔬菜水果，不能……"

每一次夹谷爸发话，夹谷妈和夹谷墨都不爱听，说话超级死板，而且还很慢。也不知道为什么，夹谷砚却听得很认真，可能是夹谷爸对他好一些，夹谷砚为了报恩，所以才认真起来。

"对墨墨说话好听一点儿，当父亲的，谁像你这样不关心儿子的。"夹谷妈特意把分贝提高，为的是想让夹谷爸对孩子的态度变得柔和起来。

夹谷墨越想越糟，因为还有不到二十分钟，队长学校的秋游就要开始了。

叮咚，门铃响了，从门外传来夹谷墨所熟悉的声音。

"阿姨，夹谷墨在吗？全校的人都在等他了。"是欧阳林海，因为夹谷墨和欧阳林海都是学霸，所以都被老师选进了队长学校。

当时夹谷墨被选进队长学校，身为全班第一的陈轩烨很不服，还因此与班主任大吵了一架。唉，毕竟陈轩烨是被各科老师捧在手心的金子嘛，所以有些情绪也在所难免。

夹谷墨飞一般地冲向房间，随便抓了一件衣服穿在身上，然后飞一般地冲下楼梯，向那辆熟悉的大巴跑去。在上车的时候，夹谷墨还在想该如何面对老师和同学……

"哎，夹谷墨，很帅啊！"一个同学说，像是没有说谎。紧接着，其他同学也陆续说夹谷墨怎么这么好。"什么情况？怎么大家都说我帅？一个连着一个的问题接踵而来，难道大家没有看到我的痘痘？"

直到放学回家，夹谷墨也想不出为什么大家都看不出来他的痘痘，然后在夹谷墨的心底萌生了一种幼稚的想法——痘痘一见到人就不见了。

有了如此心理安慰后，夹谷墨就不怕长痘痘毁容颜了，每天照样大吃大喝，把零食当主食吃，起初几天也没啥，所以就更没顾忌了。

直到有一天，夹谷墨才意识到问题的严重性。

因为担心夹谷墨长痘痘，夹谷妈没有给夹谷墨买零食，所以夹谷兄弟的零食柜又遭遇了一次"粮灾"，在箱子底部的，是一盒德芙巧克力，虽不多，但那是最后的口粮，所以夹谷墨是无论如何也要抢到手的。于是，他与夹谷砚约法三章，夹谷砚则想来一点儿仪式感，所以叫来了夹谷妈，因为夹谷爸在值班。

当时的场景在夹谷墨的脑海里还记忆犹新，但嘴馋挡不住，所以夹谷墨打算把它偷过来解决了。于是在一个电闪雷鸣的夜晚，夹谷墨行动了。

其实，夹谷墨也不是那种爱耍小聪明的人，可是利益大于一切，所以夹谷墨就去了。

实际上，夹谷墨自认为这也是为了夹谷砚好，因为爸爸常常说吃糖会变笨，夹谷墨想让夹谷砚变得聪明点，所以就不想让他吃糖。因此，夹谷墨把这次行动称为"保护夹谷砚行动"。

夹谷墨偷偷地接近零食柜子，悄悄打开那扇满载着希望的门，掏出了那盒闪着金光的巧克力，撕开了那在雷鸣下闪闪发光的包装袋，闻到了巧克力的芳香。夹谷墨闻了又闻，正准备细细品味的时候，一阵急促的脚步声从夹谷妈房间传出来，夹谷墨来不及品尝了，马上把巧克力塞进嘴里，三步并作两步地冲进房间。伴随着巧克力迷人的香味的，是一阵钥匙穿孔和打开房间门的声音。要是夹谷墨再晚一点儿，就要被夹谷妈撞上了，那岂不是得小失大。

第二天早上，夹谷墨起得很早，嘴里还留着昨晚巧克力的味道。

进了洗手间，夹谷墨就哆嗦了一下。"我的痘痘，怎么这么多！"在夹谷墨心中，藏着无数的想法。他刚想叫夹谷妈，想到昨天晚上的"保护夹谷砚行动"取得了完美的成功，不禁在心中窃喜。夹谷墨对着镜子想，或许痘痘都是因为巧克力？

夹谷墨心里一阵发慌。惨了，巧克力要了我的"小命"了，痘痘肯定是巧克力害的，不行，如果被夹谷砚知道了，那会招致不停的埋怨。夹谷墨搔搔痘痘，打了一个冷战——好疼啊！

接下来的日子里，每当夹谷砚靠近零食柜子时夹谷墨都异常地紧张，比看到猫还紧张。

猫是夹谷墨的天敌，每一次看见猫，夹谷墨都是撒腿就跑，人人都有一个怕的东西嘛。

每一天夹谷墨都是在煎熬中度过的，心脏像在坐过山车一样，一会儿高一会儿低。

最近夹谷妈给夹谷兄弟买了运动手环，说是能测心率，还能与手机联结、定位。像夹谷墨这种人是用不着定位的，因为他玩心不重。但是让夹谷妈奇怪的是，最近夹谷墨的心跳怎么这么快，一分钟都一百一百地跳。夹谷妈为此跑了好几趟医院，问医生是怎么回事。夹谷妈到医院有个习惯，就是喜欢叫上夹谷墨和夹谷砚，一起出门。然后夹谷妈叫夹谷墨做一个检查，因为不在家里，所以夹谷墨的压力不是特别重，心跳也不快，检查起来很正常，夹谷妈和医生都很惊讶，可事实明明摆在那里，所以夹谷妈一脸的疑惑。

俗话说得好，躲得过初一躲不过十五，事情终究会暴露的。

事情败露的那一天晚上，夹谷砚也是去执行慢半拍的"保护夹谷墨行动"，也想到了爸爸的那句"吃糖会变笨"，也是在一个电闪雷鸣的晚上出动。看到早已空空如也的零食柜子，夹谷砚一下子火冒三丈，气得七窍生烟。夹谷墨也闻到了空气中的火药味儿，感觉大事不妙，于是第二天早上，夹谷墨就约了张僴去露营，刚好那天是星期六，可以住一个晚上，回避一下家里紧张的气氛。

当他第二天中午回来的时候，一推门，发现门开着，一进门发现夹谷爸正站在门口，夹谷墨刚关上门，夹谷爸一个趔趄把夹谷墨扑倒在地，扒开夹谷墨的头发检查，接着就是连抽几屁股。夹谷墨捂着屁股环顾四周，看见夹谷砚气得脸都青了，心中暗自后悔，屁股的疼痛早已远去，但是有一种记忆是无法忘记的。

第十二章　家的故事

　　引子：几乎每一个人都有一个温暖的家，家就像一棵树，总要经历风霜雨雪，才会结出最灿烂的果实。

　　在期末考前，夹谷妈和夹谷爸大吵了一架，是为了夹谷墨和夹谷砚在家中的地位问题。大哥本应该是家中最大的，起主导作用的。而现在夹谷家里出现了一系列不平等的规定，比如夹谷墨买的东西必须比弟弟少，一周只允许看十五分钟电视，而夹谷砚可以看两个小时。

　　这类的问题频频出现，原本善良的夹谷砚变成了"诈王"，本来老老实实的，现在成了"兵师"，计谋特多，都爬到夹谷墨头上来了。

霜刃未曾试　／　SHUANG REN WEI CENG SHI

夹谷妈看着夹谷墨被夹谷砚欺负，心生不满，于是与夹谷爸大吵了一架。

这一次吵架导致了夹谷墨的成绩从第一降到了第二十九，与拔尖奖失之交臂。

夹谷妈也意识到了这一次吵架的危害性，所以想乘这个暑假带夹谷墨去外婆家散散心。

"您好，开往×××的班车还有五分钟就要检票进站了，请做好准备。"

这是夹谷墨第一次去外婆家，心中还是有些小激动。刚上车，夹谷墨就闻到了一股海鲜的腥味儿，空气中夹杂的味道数不胜数。夹谷墨出门旅游都是坐高铁或是旅游巴士，从没有坐过这种破烂不堪的中巴。

中巴开动了，过了好长时间到了崎岖的山路上。车身一直在摇晃，夹谷墨受不了了，看看妈妈，没想到她竟然在轻松地听着音乐，夹谷墨看到了这个情形，想想还是不便打扰。

夹谷墨尽量想转移注意力，所以硬是看着窗外，忍着不吐。夹谷墨坐在第一排，所以前面的东西也能看到。不知道过了多久，夹谷墨迷迷糊糊地闭上了眼，身子又侧了过来，面对着车头。当夹谷墨就快睡着的时候，突然，"轰隆"车子一声响，停住了。乘客沸腾起来，在用夹谷墨听不懂的方言说着话，夹谷妈也从响动里苏醒过来，一听他们说话就急起来了，也用那种方言与他们交谈。夹谷墨就像一个局外人，不会说，又听不懂，难受极了。

过了一阵，夹谷墨好奇地问妈妈刚才都说了些什么。夹谷妈说那司机开车为了赶时间，走了一条捷径，但这条路由于前几天的台风影响，偶有滚石，大伙儿生气是因为他没有考虑危险因素，于是就争吵起来，嚷嚷不久就又开始赶路了。

夹谷墨靠近窗边，一抱头，睡下了。

醒来的时候已经是傍晚了，他是被妈妈催醒的，过不了一会儿外婆家就到了。

远处也隐约出现了村庄的样子。

离村口最近的那间房子便是外婆家，夹谷妈走进了这个房子，先是喊了一声"妈"，就径直走了进去。夹谷墨呆立在门口，看着眼前这个斑驳的房子：外墙油漆脱落得不成样子，上面满是爬山虎，隐隐约约从那浓密的爬山虎叶中，能看到玻璃的闪光。

过了一会儿，夹谷妈走了出来，对夹谷墨说："墨墨，外婆上山锄芋头了，再等会儿啊！"

夹谷墨也没说话，随便找了一个地方坐下了，管他干不干净。

他刚坐下没多久，身旁的小路上隐约传来一阵用脚踢沙土的声音，那声音越来越近，好像就在耳边。夹谷墨就盯着路看，想看看是不是外婆，他已经好几个月没见到她了，心里怪想念的。

那人走了过来。

"外……"夹谷墨刚想说外婆好，但看到的却不是外婆，而是一个小男孩儿，皮肤黝黑，穿着一件蓝背心，长得虎头虎脑的。空气中充满了尴尬，夹谷墨和那男孩子大眼瞪小眼，陌生地相互打量着。

"冬冬！"夹谷妈忙过来帮夹谷墨解了围，"墨墨，这就是我以前跟你提起的隔壁表舅的儿子，也是你表弟，冬冬！"夹谷妈一直在给夹谷墨使眼色，可夹谷墨就当看不见，还是在那里发呆。还是冬冬先说了声哥哥，夹谷墨才答应了一句。

实际上不是夹谷墨不想与他交往，是他身上的打扮让夹谷墨大为失望——脏!

晚上吃饭时，夹谷妈叫夹谷墨和冬冬坐在一起，说是拉近感情，夹谷墨不能不照做。

那天晚上，夹谷墨和夹谷妈住在同一个房间，这个房间是夹谷妈以前的房间，没有什么装饰，只有几个贴在床头的贴纸。

夹谷妈对夹谷墨说，这是以前她最喜欢的玩具，也是她最珍惜的，因为当时外公没有工作，全家只靠外婆一个人种菜维持生活。夹谷妈因为是最大的，所以没受多大的宠爱，那几个贴纸是夹谷妈最好的玩具。当时的家里，只能用"清贫"一词来形容。

可后来，夹谷妈却是全家致富的根本。因为夹谷妈被星探发现了，接受了培训，成了专业的演员，演了好几出戏，也渐渐地有了名气，这才将全家拉出了贫困。

而隔壁家的小舅却是个浪荡子，天天游手好闲，喜欢赌博，每次都是输得一干二净，两手空空地回家，把家里的舅公气得直跺脚。

但是浪子回头金不换，表舅意识到了事情的严重性，于是先去外面打工，有了一定资本了，又开了一个小公司。

小公司日益发展，生意做得一片红火，而当年在赌场输得一干二净的教训，让他格外珍惜现在的生活。

可是忙于生计，把只有六岁的冬冬丢在了老家，到现在，冬冬还没有正儿八经地见过他爸爸。冬冬从懂事起就没人关心了，是一个缺乏爱的可怜的小朋友。

夹谷墨听了这么多，泪珠在眼角打转，感慨道：现在的人，往往都会珍惜失去，而不是珍惜拥有。现在有些小家庭，往往身在其中，又没有深感其福。

第十三章　婆婆

引子：人总是有些得失，但是，每一个人的境遇是不一样的，所以没有什么大不了，你没了别人也没了，要乐观地对待一切不如意，不然还是自己气自己。

婆婆是楼下宾馆的服务员，满头银丝夹杂着些许黑发，一天到晚只知道看电脑，是个看宾馆比其他事情都重要的乡下人。

可以说，楼下的婆婆见证了夹谷墨的成长。

从夹谷墨两岁时婆婆就来了，抱过他，亲过他，打过他，逗过他。小时候不知是什么力量的驱使，使夹谷墨喜欢上了婆婆，天天做婆婆的小跟班，屁颠屁颠地跟在她后面，别人常说：小孩子很奇怪，谁对他好他就黏着谁，像条小狗。可婆婆就是不喜欢夹谷砚，偏爱夹谷砚的夹谷爸对婆婆很有意见。有一次还放狠话，说婆婆不喜欢夹谷砚的话就把婆婆给轰出去。在租房子的人心中，房东总是最大的，所以婆婆只能表现得稍微喜欢一点儿夹谷砚。

夹谷墨的奶奶对他蛮好，那是因为在老人家的眼中，大孙就应该宠着、养着，将来是全家的顶梁柱。婆婆待夹谷墨也如同她的孙子一样，虽然她的孙子在云南，十几年没见过面，但她还是怀念着当奶奶的感觉。

夹谷墨就像有两个奶奶爱着，天天生活在蜜罐里。婆婆爱吃零食，可能这就是她高血压、高血脂的原因。

夹谷墨也爱吃，可他吃的是那些精包装的薯片啊、饮料啊。小时候夹谷墨天天坐在酒店吧台的接客椅上抱着一个小奶嘴，静静地看着婆婆在那儿边入神地看着电视，边麻利地啃嗑着瓜子。为什么婆婆喜欢吃那些根本没有味道的瓜子啊？天真的他总有些疑问解不开。

夹谷墨喜欢康乃馨，因为那花中可以嗅出妈妈的味道；妈妈喜欢玫瑰，因为爸爸第一次送给妈妈的花就是玫瑰。

婆婆也爱花，而她喜欢向日葵。小时候的夹谷墨经常在后院玩，后院被婆婆种满了向日葵。夹谷墨在花丛中穿梭，免不了踩到一些向日葵。每次踩到了，他都会挖个小坑，然后把"鞠躬了的"花给插进去，折腾半天。幼儿园的时候，夹谷墨对这多彩的世界好歹有点认识，他才知道婆婆为什么喜欢向日葵，因为它耐看，又能吃，用处可大了呢。

这也解开了夹谷墨心中的疑惑——怪不得婆婆爱吃瓜子。

夏天，是婆婆最忙碌的时候。楼下宾馆的楼梯成天被脚步声笼罩着，搞得夹谷墨一家不得安宁，有些恼火，可又不能发泄。但婆婆却天天挂着一张灿烂的笑脸，看着楼梯上上下下的游客，心里别提有多高兴了。

婆婆脸上的皱纹标志着她人生中的大起大落。她年轻时是当地首富的女儿，家里是买卖洋货的，生活富裕得很。可是有一次，他们家运货的船沉了，家人也没了，人财两空，甚是不幸。为了生计，年轻的婆婆来到了南方，孤独无助地度过了那段艰辛的日子。

后来，婆婆有了一个温暖的家，再后来，她的丈夫因为交通事故而不幸身亡，于是婆婆把儿子送往云南，又找了一个丈夫，并生了个女儿。但由于种种原因，两人还是离了婚。后来的时光里，婆婆就遇到了我。

夹谷妈和夹谷墨说的时候，夹谷墨就哭个不停，说婆婆太可怜了。夹谷墨对夹谷砚说的时候，夹谷砚也同样哭了个稀里哗啦。

但是，楼下的宾馆要装修了，婆婆也已经七十二岁了，要回老家养老了，心意已决的她拦也拦不住。

就这样，婆婆走了。

第十四章　红包的苦恼

　　引子： 在夹谷妈小时候，听到发红包了就像打了鸡血一样，两眼放光，尽情舞蹈；但像夹谷墨这年龄段的听到红包就没什么兴趣了，因为他们对红包的期待值明显下降。

　　又到了过年，夹谷墨异常地开心，又异常地失落。

　　开心是因为又可以和家人团聚了，但失落的，却是那曾经被小孩当作命根的红包。每一次过年，夹谷墨和夹谷砚都会收到很多红包，大至几千，小至几百都有，随便数数一两万是有的，两人的红包撂起来都有书包一般高了。可是这么多钱，会被家长以各种理由拦截，到元宵节晚上就只剩下了几张毛票。

霜刃未曾试 / SHUANG REN WEI CENG SHI

　　夹谷墨有个表弟，比他小一岁，很有经济头脑，是个名副其实的守财奴，想从他手里拿出一分钱都是天大的挑战。表弟连路边捡到的一毛钱也不放过，还想方设法地赚钱，经常把一些便宜得不能再便宜的地摊货高价卖出，甚至还开通了"个人银行"，别人存钱，本因别人得红利，但他反倒自己赚得不亦乐乎。但他的存款不止这些，大部分来自压岁钱。每当有人给他压岁钱，他就毫不犹豫地拿过来存起且不与家长说，导致现在他的金库已经比夹谷兄弟两人加起来还多了。因为这个他的数学是全班最好的，可是其他三门，也没挂科，很平均，都是八十。

　　夹谷墨说他使诈，夹谷墨虽然想把压岁钱留下来，但是有种力量驱使着他还回去，毕竟他是个老实人，受不得这样的压力。

　　虽然也想挽留，但终究没留住。每次夹谷墨找夹谷妈要钱时，夹谷妈都会用一种让夹谷墨不能反驳的语言来回应他："你个白眼儿狼，你吃我的用我的不是钱啊，还向我要钱了？你吃我的喝我的还不够啊？整天钱来钱去的，你应该把心思放在学习上……"

　　夹谷墨最困惑的，是明知故问病的正作用，老是把一件事数落许多遍，直到被说者反抗，然后才会取消这一个话题，这是正作用，正作用都这么恐怖，何况是负作用？

夹谷墨也想有一些自由支配的钱，但是夹谷妈给夹谷墨的往往只够他买几包零食。一包零食值几个钱？何况才几包。

有一次，夹谷墨写了一篇故事，题目叫《我是一个小红包》。作文老师看了，说这篇文章不能引起读者共鸣，内心的强大波动写得十分平淡，没有一点儿味道。夹谷墨也没生气，他反问老师："老师你是以哪种角度来观察这篇文章，是发红包者还是收红包者？"老师不以为然地回答："肯定是发红包者啦！我都是当妈妈的人了啊。""那就对了，"夹谷墨很肯定地说，"我们是收红包者，我们老是任发红包者摆布，实际上发红包只不过是一个大人过手的过程，爷爷奶奶，亲戚长辈，逢年过节，走亲访友，都会给孩子们包上一个小红包，但是客人才离开家门，红包即被没收，现在小孩对红包的期待已经降到最低了。老师，这是我们每一个小孩的心里话。"

老师看了看夹谷墨，又看看其他人，虽然老师没有和其他人讲，但是每一个人的目光都聚集在老师和夹谷墨身上，用十分肯定的眼神回望着老师，看来每个家庭都是如此，没有例外。于是老师就把夹谷墨的文章发到了《语文报》，但很快又撤了回来。评论和老师说的一模一样。夹谷墨以为是真没路了，所以一听到这个消息马上就泄了气，刚上完作文课就想快点回家。老师在夹谷墨出门的一瞬间，把他叫住了，说他的文章发表了。

夹谷墨十分吃惊，他觉得有点突然。老师和他说："编辑看了你的文章，本来是想退稿的，但后来在我的请求下他斟酌再三还是把它发布了。没想到竟引起了一阵学生评论狂潮，评论达到了十几万条！这是报纸创办以来评论率最高的一篇文章了。"

夹谷墨有些蒙，也许正像张儒说过的一句话："人帅自有天帮。"

夹谷墨回到家看看百度头条，惊得眼珠都要掉出来了。整个屏幕都是夹谷墨这三个大字，还有人说夹谷墨再写几篇这样的文章，就会成为新"网红"了！

第二天，夹谷墨刚走进校园，所有人都用看国宝一样的眼神看着他。

夹谷墨快走到班级里的时候，老潘冲了上来："鸡菇蘑（夹谷墨的绰号），你怎么回事啊，名气这么大，全网络都在发你啊！"夹谷墨感觉脸上一热，有一种浮肿的感觉。他对老潘尴尬地一笑，便进了教室。

不进还好，一进去班级里像炸开了锅。"对，对，夹谷墨，这才是我们的心声！""我在家里我都不敢说，在这里我可以发泄发泄了！"

……

好不容易才等到上课，那上课的铃声像一盆清泉淋在烈火上。

放学了，张儡这个鬼灵精用大人的口吻对夹谷墨说："可以啊，现在会关心'国家大事'啦！有进步啊！"夹谷墨白了一眼张儡，不理他了。

现在，许多小朋友都被红包这个事情烦恼着，这年头，连小孩都有思有想，何况未来啊！那必定是一个"脑洞大开的世界"。

第十五章　有的朋友交不得

引子：朋友也是要选择的，没有看谁顺眼就交友的道理，虽说多一个朋友，多一条路……

陈轩烨是三侠客中的二大将，他的离开让夹谷墨和张儒若有所失，虽然群龙有首，可是缺一个谋士。原来的三侠客有莽汉、有谋士、有领袖，本来一副其乐融融的景象，可是后来那位谋士脱离群体，自谋出路了。

张儒其实挺不喜欢他的，每一次都摆着架子跟他们说话，自己却什么事都不做，就仗着自己的那一点点本事瞎摆弄，己所不欲，勿施于人啊。

领袖就是有领袖的肚量，每一次张儒想发怒的时候，夹谷墨都是第一时间对张傸说理，他才能安静下来。

陈轩烨这个朋友根本就不用交，还煞心情。

可是，有一种夹谷墨和张傸无法逃避的力量，那就是爸爸妈妈。爸爸妈妈在子女心中都是扮演着权威的角色，子女必须听从他们的指挥，还要没有怨言。如果有怨言，那些权威们就会以"白眼儿狼"等词来指责被指挥者。

夹谷墨和张傸就是如此。

上次的聚会，陈轩烨没来。聊了一会儿，夹谷妈问夹谷墨："你们是不是又惹陈轩烨生气了？"夹谷墨被搞得莫名其妙。"什么啊，明明是他自己摆着架子和我们说话，所以我们就不理他了！"张傸十分不平地对夹谷妈说。"然后你们就把他给打流鼻血了？"夹谷妈说着，眼里闪着愤怒的神情。夹谷墨和张傸慌忙推脱说："没，没……"

"还敢狡辩！如果敢骗人的话，我让你见不着明天的太阳！"张傸他爹叫张炮，一秒钟工夫两个巴掌甩在了张傸脸上。这是夹谷墨第一次见张傸哭，他也心疼这位钢铁男儿。张傸不服输，继续和他爹争吵，可是，连续的几个巴掌像拍粉尘的鸡毛掸子，把张傸的斗志慢慢拍没了。

夹谷墨敢怒不敢言，他余光一瞟，看见酒店窗帘外有一只眼睛，一直闪着狡黠的目光。那眼睛一看到夹谷墨，马上收了回去。夹谷墨虽然没有看得十分清晰，但可以确认，那是陈轩烨。

聚会很早就散了。

第二天，夹谷墨怀着想抄家伙的愤慨来到了学校。走进班级，四处寻找，没见到陈轩烨，一想起昨天晚上的聚会，唉，冤家宜解不宜结，算了，眼不见心不烦，干脆不看他了。于是夹谷墨就往厕所走去。夹谷墨刚进厕所，就看见镜子前有一个人，他被吓了一大跳。整个脸都是浮肿，像被马蜂叮了一样，一副街头混混的狼狈样。

夹谷墨本想离开，可是想想镜子前面那个人，似曾相识，与张儒有些神似呢？还没有想完，就听见一个声音："夹谷墨！我是张儒！"夹谷墨笑出声来。"你怎么被马蜂蜇成这个样子！"夹谷墨忍不住放声大笑，引得隔壁班的早读断了一下。"是啊，被我们家里那两只大马蜂蜇了一宿！"夹谷墨瞬间明白了，原来是被老张打了。

夹谷墨那消下去的愤怒又上来了，张儒更恐怖，还想拿起厕所的拖把去教室里干架。

"宁愿再被打一顿，也要消除这个隐患！"夹谷墨和张偏发誓要替天行道。

于是一场"正义"的火苗从夹谷墨和张偏的座位扩散到周围，乃至更多人的心中。

夹谷墨的同桌也是一个正派人物，爱打抱不平，对这件事，心中很是不满。他以前一直以为陈轩烨很老实，而现在他开始对陈轩烨产生排斥感，"正义联盟"又多了一个人。

随着这件事情的知晓度越来越高，"正军"的人数也越来越多，夹谷墨和张偏就像韩信点兵一样，兵多将广；相反的，陈轩烨的阵营上仅仅只剩下几个追随者。

第十六章　雷公的厉害

引子：在中国古代的民间传说中，雷公和电母的官职毫不逊色于太上老君、千里眼、顺风耳。但实际上，太上老君却是个只会给自己炼仙丹的老耄，家产都万贯了也不让一让；千里眼、顺风耳也只不过是情报兵，打听小道消息。可以说就是雷公和电母最为神通了，有时在大老远就能听见别人说他的坏话……

夹谷墨最近参加了一个朗诵比赛，老师推荐他的原因十分草率："咱们年级没人了，只能叫你了。"夹谷墨才不信呢，因为他们班的好几个戏精都没去。老师肯定挑得十分草率，连张儒也被挑了去。

那时的张僵正在球场上飞舞，突然有一个声音叫他去老师办公室，一瞬间哭丧着脸，可能是他想成老师叫他去办公室训话吧。可是，看到夹谷墨与他同路，心里倍感高兴，还有一个"陪葬"的。

　　一路上，张僵都在问夹谷墨待会儿到了办公室的应对方法，夹谷墨却感觉张僵在一本正经地胡说八道。可到了办公室，夹谷墨突然笑了，还笑得很夸张，办公室里的不是老师，而是一个个小孩，夹谷墨看看张僵，说："刚才都是白费口舌。"可张僵一点儿也没有不开心，还有点兴奋，就开始挑逗起这些小孩了。谁知道老师竟然在张僵开始欺负小朋友的一瞬间进来了，张僵马上就腾地一下站个笔直，夹谷墨又笑了。

　　接下来的事情夹谷墨和张僵想都想不到，他们竟然要和这帮小朋友一齐演出——真是毁了他们这帮"老舞台"。又是一个排练的下午，夹谷墨和张僵几乎一直在写作业，他们就是一两句就过了，老师就让他们在旁边休息，每一次就是练个五六分钟就开始写作业了，而且还不让走，要一直等到老师说："好了，今天就练到这里，由于时间关系，我们就不练了，大家回去把稿子背熟。"

下午先上体育课，今天一直都是晴的，可上课到一半的时候突然万里乌云，来了个晴天霹雳，刚刚好有一个球向夹谷墨飞来，他被打了个措手不及，正中脑门！张偁还在旁边添油加醋，在那里鄙视那个扔球的人。但夹谷墨不知道的是，那个砸球的人就是张偁。如果夹谷墨知道了，肯定把他打成筛子。

体育课后便是排练，夹谷墨练好了自己的角色后，就跑到旁边去了。他找到了书包，熟练地拉开拉链，又像打太极拳一样虚晃一招，一个降龙掌打在前面的墙上，放在后面的左手悄悄拉住作业本的一角，一个有力的白鹤亮翅，只见作业本飞出三丈高，最后又平稳地落回了书包里……旁边传来张偁那狡黠的笑声。

身后的老师盯着夹谷墨："你干吗，神龙摆尾吗？有这样写作业的吗……"老师把夹谷墨说得好生尴尬。

说完，老师便出门了，而那些小朋友鬼精灵地在一旁休息，脚翘得老高，还从包里掏出一根棒棒糖，有滋有味地舔了起来。夹谷墨向他们走去，说："来来来，哥哥教你们练武功。"可是那帮平时看着呆呆萌萌的小朋友现在个个都十分机灵，还不用正眼看人，拽得别有一番风味。

"真的是春天桃花开啊，这帮小猴胆肥啊！让哥哥教训教训你们！不知天高地厚的家伙。"张僵那急性子又犯了，眼看着就要招呼开了，夹谷墨突然伸出手来，像一位侠义大哥一样说："张僵啊，有一句古话叫'大人不记小人过'，就别生气了。""那还有一句话说'是可忍孰不可忍'呢！"张僵理直气壮地说。夹谷墨发了一声口音，张僵就察觉他生气了，又屁颠屁颠地向夹谷墨走来，还不时回头看看那帮小朋友。有几个女孩子被吓住了，但一些不怕死的男孩在那里放虚招，还想吓吓那个比他们还高大威猛的张僵，简直是自不量力。

小孩真难教。夹谷墨和张僵算是知道了启蒙老师的痛苦，一个乳臭未干的小孩乃是一个大大的烦恼。

夹谷墨和张僵刚刚踏出校门，天就开始下雨了，但不是那种淋着很痛快的倾盆大雨，而是那种软绵绵的毛毛细雨，淋着就毫无刚气，夹谷墨和张僵最讨厌这种天气了。回到家，夹谷妈看到夹谷墨进了门，一个箭步冲过来："墨墨啊，今儿下雨了，有淋着不？"

夹谷墨没有马上回答，而是把书包用力往沙发上丢，然后使劲坐到地上。"我终于知道你们带孩子的辛苦了！

真不容易！"夹谷墨向夹谷妈深情地说道。

夹谷墨接下来也没说啥，因为还有一个多小时夹谷墨要去上一堂作文课，所以夹谷墨在出门之前一直在写作业。

当夹谷墨再回来时已经很晚了，外面在打雷，轰隆轰隆的，像有好几百个人在天上打鼓，在云头吼叫。夹谷墨渴了，想喝点水，走向了厨房。他在那灶台上翻找了好一会儿都没有发现水的踪迹。他斜眼一瞟，看见了一箱冰糖心的苹果——这是昨天去陈轩烨家赔罪时留下的，当时陈轩烨坐在旁边吃着苹果看着夹谷墨他们被数落，夹谷墨早想尝一尝了。

这个时候夹谷妈走了进来，看到又累又渴的夹谷墨手上拿着的苹果和一把刀，她抱着夹谷墨亲了又亲。

在夹谷妈抱着夹谷墨的时候，夹谷墨刚好眨了一下眼，在电光火石之间，一道白色的亮光在夹谷墨的眼前闪过，紧接着是夹谷妈的一声大叫。"墨墨，墨墨！"再后来就是一声劈头盖脸的响声，这是夹谷墨有生以来听过的最洪亮、最可怕的雷了。

夹谷妈跑了，远处好像还有余音，像是雷公的笑声。夹谷墨在那里愤愤地削着苹果，心里想着：这个雷公怎么回事啊，在本人削苹果的时候打了一个雷，真是的，还把妈妈给吓着了，你有本事现在就打一个，打了我叫你爸！

话音刚落，夹谷墨只见眼前又闪过一道白光，吓得一下子飞奔进房，把头给裹到枕头里，待那声雷过后，夹谷砚再问他："夹谷墨你咋啦，这么恐惧？一个雷也能把你吓得不轻？"夹谷墨还没有来得及回答夹谷砚，一下子就跪到地上连磕了三个响头。

雷公好厉害啊！夹谷墨想。他今天一天的不顺都被雷公给吓没了。

第十七章　抠门的店老板

引子：现在，那些大型游乐园里的商店顾客越来越少了，那是因为那一个个商家越来越过分了，一瓶水都是天价了……

五一假期，夹谷一家出门游玩，那是因为夹谷墨好早以前就吵着要去上海迪士尼了，他可期待了，而夹谷妈又是对夹谷墨最好的那个亲人，所以这个五一就满足了他。从 W 市飞到上海只需要一个多小时，夹谷墨原以为飞得越近给的机票钱就越少，但没想到与同等机种相比，飞到北京只需花三百块，但是飞到上海却需要五百块，这让夹谷墨半天想不明白。

夹谷墨坐着飞机向上海飞去，别提有多高兴了。

到了上海虹桥机场，夹谷墨饥渴难耐，谁知这趟飞机没有飞机餐，到的时候已经算是半体空虚，所以夹谷墨一下飞机，就向小店直冲过去。

忽然，机场的121检票口前出现了一家"之上"便利店，夹谷兄弟一下子蹦起三尺高，这没有夸张，的确跳起来这么高。

夹谷墨一进去就要了瓶农夫山泉，还有一个手撕面包，他每一次去"之上"都是这样的套餐。除非万不得已，否则夹谷墨是不会进那些杂牌小店的。夹谷墨一般只进三种便利店，一种是之上，一种是十足，一种是加油站的便利店。相对来说，这几种不会像那些杂牌小店一样，里面脏不溜秋的，这些店都是窗明几净的。

可是，夹谷墨给服务员刷卡给钱的时候，服务员竟然报给他这样一个数字："四十三。"夹谷墨蒙了，还以为自己听错了，于是他又问了一遍："多少？""四十三，会员价。"

夹谷墨差点没叫出声来，一瓶水、一个面包竟然要我四十三？这说谎简直不打草稿啊！而且他买的还是小瓶的，他又跑过去看了看单价，天哪，二十元一瓶！一个面包二十三！

夹谷墨已经准备好与那个坑人的老板理论理论了。

他走了过去，没好气地说："你们这是怎么回事啊，一瓶水二十块，外面买都是只有一块五的，你们这儿为什么这么坑？还有人来买吗？"那服务员也不会做生意，一不如意就理直气壮地和顾客吵，看来，来这个便利店的人，除了夹谷一家，肯定每一个人都留下了不愉快。怪不得夹谷墨来的时候，这家店门庭冷落，死气沉沉。这个时候夹谷砚来了，手上拿着一包薯片、三瓶可乐和一包跳跳糖，伸手就给服务员刷，夹谷墨也不说，让他大吃一惊吧！"夹谷墨你刚刚干吗那么凶，第一次见啊！"夹谷砚说，还是用他那种十分老实的语气。"待会儿帮我哈！"夹谷墨说着拍了拍夹谷砚的肩膀。夹谷砚被搞蒙了，没有听懂，但是下一秒就发飙了。

"你这家店怎么这样的，就这么点东西卖我两百块？信不信我投诉你非法定价？"这让夹谷墨没想到，夹谷砚竟然跳得比他还要高。

夹谷爸和夹谷妈走进来，手上还有一把瓜子，看见夹谷兄弟两人都怒目圆睁，他们看着也是搞笑，接着他们走到货架边，提了两袋瓜子和蚕豆……

"你这个人怎么这样的，一点儿东西卖这么贵怎么说得过去？"看过价格后，夹谷爸的声音不逊色于他的两个儿子。

这么大动静引来了好大一群围观群众，每一个好像都被坑过一样，个个眉头紧锁，这时有个人气愤地打了价格投诉热线。

"我不是老板啊，这不是我定的价，是我老板定的！"那刚刚还高高在上的服务员，现在两条腿像两条霜打过的茄子一样，瘫痪在哪里，还不停地抖。

"那你刚才为什么不说？"夹谷墨身边有一位阿姨说。

"我也不知道为什么……因为，因为我刚刚在玩游戏，一时脑卡顿！但我真的不是老板。"那个人理所当然地说。

"我认得你！"一个沙哑的声音从人群中发出来，原来是个清洁工老头儿，"你就是老板，如果我没记错，你叫张岚吧，大家去看看那家店的执照，看看是不是张岚！"

那些围观的人一窝蜂地冲进去，突然，从最里面发出一声"是"的声音，接着就一个一个地向外传，传到那个老板能听见的地方。那个老板的脸唰地一下变得煞白，因为她知道，胡乱定价是什么后果。

夹谷妈和夹谷爸拉着夹谷墨和夹谷砚走了，因为再不去，可能就赶不上门口的旅游大巴了。

夹谷墨刚出了门，只见有辆黄边的印有价格投诉电话的车停在航站楼大门的对面，夹谷墨真的想不到他们办事有这么高的效率。

两天之后，夹谷兄弟各拿着夹谷妈在迪士尼给他们买的纪念水瓶喝着可乐的时候，又路过了那家之上，上面贴着一张告示"停业整顿"，夹谷墨和夹谷砚又乐得蹦起三尺高。

第十八章　篮球场上的烦恼

　　引子：每一个人的爱好各有不同，萝卜青菜各有所爱，有的喜欢乒乓球，有的喜欢足球，而夹谷墨喜欢篮球。相信大部分男生都比较喜欢打篮球。可是，又有几个人会把打篮球发挥到极致呢？

　　这天早上，夹谷墨早早地就来了学校，不知道是什么力量催使夹谷墨这么做，可能是夹谷墨的生物钟设错了，导致他起床太早。

　　这几天，夹谷墨疯狂地爱上了篮球，下课打，午休打，放学打，几乎每一刻都在球场上奔跑。

　　这会儿，张僴来了，抱着他新买的篮球，一蹦一跳地走进教室。

"嘿，夹谷墨，看我的新篮球，前几天晚上我好不容易才求到的呢！"张俏的脸上都笑开了花，脸看起来比平时大多了。

"恭喜恭喜啊！"夹谷墨闻声应和。

张俏的脸上闪出一丝狡黠的目光，给夹谷墨挑了一下眉，又往操场上看了看。夹谷墨立刻就会意了，两人马上向操场上冲去。

讲这个故事之前，先来介绍一下夹谷墨的班主任，此人性格泼辣，有时翻脸不认人。原则性特强，即使抓了一只小蚊子来教室都有可能被扣分。

就是因为夹谷墨他们班有这样一个班主任，所以他们教室前面天天挂着"文明标兵"的锦旗，大队部每一周的执勤人员都要重新分配，可每一次经过六二班都是一晃而过，所以他们班的那面旗子都已经发霉了还没有人来换。

夹谷墨和张俏来到了操场，夹谷墨首先是一个快速的掏球，把张俏的篮球给掏了过来。夹谷墨可是学校有名的断球王，不管是哪个厉害的角色都被他断过，甚至全校打篮球最厉害的老潘也曾经被夹谷墨抢断过。接着，夹谷墨马上冲向三分线，一边跑还一边运球，跑到预定的位置，马上转过头来，微微一瞄，双手一用力，只见那球十分快速地向篮网冲去，可是就在球接近铁框的一瞬间，那球像是被施了什么魔法一样，往后偏了一点儿，就这样，那个球在篮筐上跳了一下，眼看着就要进去了，却被后面的那块弹簧铁板弹了出来。

"夹谷墨是大铁匠，百发不中叫人笑！"张儡又唱起那首自编的小诗，还对着夹谷墨做鬼脸。夹谷墨也不气，因为，他的投篮准心是往目标偏了三十度的。上次做了一个测试，夹谷墨投了一百个，只中了十几个。所以，夹谷墨被张儡说也不足为奇。

一转眼就到了早读下课，夹谷墨和张儡早已经打得满头大汗。但是他们不能回教室，因为如果现在回教室就会被班主任抓住，借此机会狠狠地批一顿，没准儿还会荣升为千古罪人，遭人唾弃。

夹谷墨和张儡想让身上的汗干了再回去，于是他们坐在篮球架的两边，大口大口地喘着粗气。

待到他们身上感到有一丝凉意的时候，才发觉汗干了。但是，他们正准备回教室的时候，上课铃响了。"哦！上课了，第一节好像是——""电脑！我都记着呢！"张俪对于学习都是千方百计地逃避，但对于玩的方面，他可是人脉广通，道路尽知。

就这样，夹谷墨和张俪一边谈笑风生，一边慢慢悠悠地走上楼梯，甚至还在地板上运了好几下篮球，搞得琅琅读书声被搅得像团糨糊。

夹谷墨和张俪不知道的是，有一个"血光之灾"正在等着他们。

夹谷墨他们看到了那面挂着"文明标兵"的锦旗，可是虽说是功能课，教室里的灯也不应该开着呀，奇了怪了，难道今天电教委员没来？作为班级的好奇宝宝，夹谷墨每时每刻都有很多的问题，有些问题连父母也答不上来，实在有趣。

张俪也觉得奇怪，于是跳起来往靠走廊的窗户里看了一下，这一看不要紧，看了就不得了，里面正在上课，而站在讲台上的竟然是班主任。更加悲催的是，他是在班主任眼皮子底下跳的，全班同学的目光都随着老师的目光移了过来，张俪在大庭广众之下显得如此弱小、如此脆弱。

结局当然是夹谷墨和张俪被班主任罚站门口，再做二十个俯卧撑，而且还是在规定时间内。

之后老师颁布了一条规定，学校里除了体育课以外，其他时间不得打球。

在回家的路上，张儒一直在叹息："无妄之灾啊，无妄之灾啊！"像是一个人丢失了他的某一样东西似的！

第十九章　夹谷妈不在的日子

引子：在每一个人的心中，人的好坏都是由第一印象决定的，也总会有看不爽、不顺眼的人，也许这就是你讨厌他的原因。可能你觉得这个人好但其他人不觉得，人常常处在一个人的夸赞和另一个人的批评之中。

夹谷妈是一个演员，所以经常要去这里拍个节目，到那里拍一场电影，三百六十五天中有一百六十天在全球各地奔波。夹谷爸也不是那种闲游之辈，一个星期里四天不回家睡觉，因为他是个医生。

夹谷妈和夹谷爸对孩子的爱有分歧，夹谷妈喜欢夹谷墨，因为夹谷墨聪明乖巧，成绩又好；夹谷爸喜欢夹谷砚，原因很简单，夹谷砚是最小的儿子，可能是与乡下人接触太久了，对弱小群体总会偏爱一些。

夹谷妈最近出门演戏了，她们那个戏班子已经催了好几回了，但是，夹谷妈又千方百计地周旋着，继续和夹谷兄弟生活，这一次那导演几乎都跪下了，所以才去的。

唉，当一个演员真的是苦啊！每一天都要在戏班子里跑来跑去。可是对于夹谷墨来说，夹谷妈一走，他在家里的地位就一下子掉到了底层。

果不其然，夹谷妈的行李箱刚一拖出家门，门一关上，夹谷爸就提议带着夹谷砚出去放松放松，立马在携程上订了两张飞往三亚的机票，而且为了这一次出游，夹谷爸还请了年假。刚刚订了机票，夹谷爸就拉着夹谷砚，抓着一大沓钞票就要出门。夹谷砚一直在给夹谷墨使眼色，叫他去求求夹谷爸能不能去。当然，夹谷墨早早就看出来夹谷砚这种眼色是属于"客套眼色"，没有一丝情感在里面，夹谷墨看出来，夹谷砚压根儿就不想他去，只是看着都是夹谷爸的错，自己却是个中立者——"小叛徒"，夹谷妈错了往夹谷爸那边站，夹谷爸错了往夹谷妈这边站。

唉呀，夹谷墨听着夹谷爸关门的声音，心里暗暗地想：

妈妈呀妈妈，你为什么别的时候不走，偏偏又在关键时刻离我远去了呢？走得真不是时候。夹谷墨看见了自己房间的一台游戏机——那是张偏在星期五放学的时候给夹谷墨玩的，听说现在那种游戏都出掌机版了，夹谷墨作为枪械爱好者，当然会玩这一系列游戏。当然，是在不影响学习的情况下，不然，夹谷墨自己都玩得不痛快。

夹谷墨找到了磁卡，插了进去，又是那种令人愉悦的开机声，夹谷墨真是欣喜得不能自拔。

然而，夹谷墨突然平静了下来，然后又丢下了游戏机，往学习桌前一趴，又开始学习了，也不能说学习，是每一个学生应做的事情——写作业！

夹谷墨在玩劲儿十足的时候突然发现自己的作业还没有写，心里是无比难受。毕竟夹谷墨前几个星期在准备期中考试，没有时间碰这些东西，现在突然有机会可以玩，又有作业没有写，真是自己泼自己冷水。

夹谷墨在写作业的时候，一直在想待会儿怎样用枪打死敌人，怎样用手榴弹炸死敌人，陷进了美好的幻想当中。当然，学习也是要抓紧的，因为想快点玩的话，总会有一些强劲的动力。

夹谷墨在做作业的时候总是想着怎样做得更快，怎样做得更好。可是当夹谷墨做好的时候，又觉得有些不妥，所以就又再检查了一遍。

哦，终于好了，夹谷墨深深地呼了一口气，这个时候，夹谷墨已经是饥肠辘辘了，想去找点吃的。可是，他一看客厅墙上的时钟，哇，十一点半了，这么快？夹谷墨一直以为现在才十点多。夹谷墨一想到家里没有人给他烧菜，就有些伤感。

哎呀，妈妈，你走得可真是"时候"！

这个时候，门外响起了钥匙穿孔的声音，接着，夹谷爸破门而入，手里拎着大大小小的纸袋子，还有个皮箱。他刚进门就丢给夹谷墨几个袋子：一个是耐克的，两个是阿迪的。"夹谷墨，老爸要和弟弟去三亚玩了，"他说着，丢给夹谷墨一个大红包，"这是你这些天的生活费，保管好了！"

夹谷墨基本上没怎么听清楚，因为他一直盯着夹谷砚的鞋盒看，夹谷墨也是惊呆了。夹谷墨不仅是文学爱好者，是枪械爱好者，还是鞋服爱好者。他看到夹谷砚的鞋盒上印着一个正在扣篮的小人，上面还印着"FLIGHT"的字样。嗯，我这样的暗示，大家都应该明白吧，这还是在实体店买的，一双就要好几千，这夹谷爸是多偏心啊？

夹谷墨也看看自己的，拿出鞋盒，看看，上面有个极其死板的皇冠，嗯，詹十六，还算友好。

自己再看看那两个阿迪袋子，是一套运动服和一件夹克，这个夹谷墨喜欢。

随后，他们就出远门了，只留下夹谷墨一人在家中，作业写好了又能干什么呢。夹谷墨躺在沙发上，像置身于荒岛之上，生无可恋，就像有一个人在沙漠中行走，手里攥着钱，却没有店。

哎呀，妈妈，你怎么不在家啊，你……夹谷墨又想到了一些什么，对，掌机游戏！

世界上能治百病的药除了游戏别无他选。上次夹谷墨生了一场大病，他那个时候天天考一百，可能是脑细胞分泌过多，导致制造脑细胞的地方功能上限了，致使精神失常。那个时候他很想玩游戏，于是玩了一局他便开始在地上活动，最后竟然不治而愈了。

所以说，游戏是一个很神奇的东西。

夹谷墨开始玩了。可是总感觉夹谷砚他们将会遇到什么麻烦，唉，不管了！夹谷墨继续开始了。

玩了两三局，夹谷墨有些厌倦了，于是就想看看张儡在不在家里，有没有时间来陪他玩。可能之后的几天还要在张儡家过夜呢！

夹谷墨和张儡真的是一对真兄弟，夹谷墨一开门准备下楼时，就与一个人撞了个满怀，仔细一看，原来是张儡这个大块头。

哎呀，真是一对难兄难弟啊！

就在这时，楼梯上响起了行李箱摩擦地板的声音，当时夹谷墨还以为是夹谷爸和夹谷砚可能因为飞机延误到了明天暂时回来了。

可是，后来夹谷墨想错了，原来是夹谷妈。

"咦，墨墨，你俩干吗站在这儿？你爸呢？"夹谷妈说，话语中带着一丝疲劳。

夹谷墨不知道该不该汇报夹谷爸的计划。

可是，纸终究包不住火，夹谷爸最终在电话里承认了他的错误，打算回心转意了。就这样，夹谷墨等到夹谷爸回来的时候，夹谷爸在夹谷妈的督促下，对夹谷墨道了歉。于是，夹谷妈叫夹谷爸和夹谷砚一起跪搓衣板，哎呀，这可委屈了夹谷爸啊！还得给夹谷墨买双像夹谷砚那样的鞋子作为补偿。夹谷爸看着夹谷妈用他的私人存款刷账，脸上就像被子弹打过的砖墙，参差不齐，坑坑洼洼。

夹谷墨最近刚和乐乐老师学了一句短语：What a pity！

第二十章　两个倒霉蛋

引子： 按照张偏的话说，运气差叫"人体次气变多"。张偏就是夹谷墨他们班的"次气王"。但是，"次气"是一种病，会传染，而且，被传染的人更加严重，以此类推……

　　夹谷墨最近迷上动漫剧《名侦探柯南》，每到周末，都是先看上两集再去写作业的。

　　今天，也就是星期五，夹谷墨穿着夹谷爸给他买的那双AJ去上学了，刚进教室，和事佬李楠就用那种二流子的口吻对他说："哇！AJ！"

　　夹谷墨和李楠也是老熟识了，因为夹谷墨小的时候就常和那些初一的人一起玩抓人，当然，里面还有一个李楠。但是，夹谷墨真的是天生跑得快，在那帮初中生的眼里，夹谷墨总是抓人的料，而那李楠总是被人抓的料。

说起李楠，他可是夹谷墨班的重量级搞笑人物，每一次回答问题，总会有一两个人笑他，谁叫他回答问题的时候不正经呢！他往往是站起来的时候用牙齿往里面吸气，"嘶！"然后坐下的时候再叹口气，"啊！"感觉回答一个问题，像是被人逼着一样，回答错了就要抓耳挠腮，怪不得别人会发笑呢！

就这样，被李楠这个大嗓子一喊，全班都知道了夹谷墨今天穿了一双名牌鞋子，当然，这不是全学校的第一双AJ，仅算是跟了点小小潮流。

夹谷墨受不起这样的眼神，所以就跑进了厕所，直到上课的时候才出来。

下午，夹谷墨的社团课照常进行着，因为是下雨，所以在体育馆里进行。夹谷墨班上还有几个和夹谷墨"差不多"的枪械爱好者。为什么这么说呢？因为他们几个就只了解游戏里的枪械，以外的枪械都一无所知。他们经常沉迷于游戏，甚至不管在什么时间。

社团课，夹谷墨拿出了万分精神，开始在篮球场上飞舞，夹谷墨最喜欢这样的感觉了。

"呀！"夹谷墨接到了一个中场球，他觉得机会难得，因为他们还差两分，而对面只差一分了，刚刚好，对面的大部队都集中在篮下左右，如果再不绝杀，他将会被对面虐得妥妥的。

不知是上天赐予的神力还是对手脸黑，夹谷墨竟然进了，那一声清脆的"哐当"响。"空心！"夹谷墨的手摆成"七"状，伸得高高的——这是高手们进了球时的标志性动作，夹谷墨觉得这个动作帅呆了，因为他励志成为一名球星，所以高手的动作都是要学习的。

夹谷墨带着愉悦的神情，环顾四周，突然看见从体育馆后门拉开了一条缝，从里面探出了一个脑袋，是那个很会玩游戏的家伙，他怎么会在这里，他又不是篮球社的。那个人显然也注意到了夹谷墨，他向夹谷墨走来，夹谷墨知道，他想套近乎，想让夹谷墨不要向老师告状。

现在又多了一个知情者——夹谷墨，身为一个大队委夹谷墨肯定是要和老师说一下的。夹谷墨从他的神情中推测，肯定还有个好朋友也在一起，现在应该玩得不亦乐乎吧。

这时老潘也注意起那个玩游戏的地方了，又探出了一个脑袋，夹谷墨这回看得没错，就是那个爱玩游戏的家伙！

只见老潘的脸一下子变得严肃，这可谓是传说中的一秒变脸，川剧中的绝活啊！老潘竟然会。

老潘大步向那个角落走去，还故意把脚步踩得很响，夹谷墨以为他是想让那两个玩游戏的人抓紧时间逃跑。可是，那两个小子好像不怎么知趣，夹谷墨依旧没有听到他们急促跑步的声音。

哎呀，那俩人是真的没听到还是假的没听到啊，老潘已经只差两三步就要开门了怎么还不跑，连夹谷墨也替他们着急！

悲惨的一秒总是要发生的，他俩依然抱着手机，一动不动地看着老潘。好玩的是，手机里还传出阵阵的喊杀声和哀鸣声，就像老潘和那两个人的眼神斗争一样，老潘越战越勇，而对面阵营真的是四面楚歌啊！搞得夹谷墨和爱围观凑热闹的李楠笑得满地找牙，腹肌都掉出来了！

下课了，夹谷墨回到了班级，还是一路笑回来的，别人问他为什么笑，夹谷墨喘着粗气，一字一顿地说给他们听。他们先是一愣，后来便会意了，和夹谷墨一起笑了起来。

就在这时，班主任昂着头，大踏步走进教室。

"夹谷墨，来办公室！"班主任对夹谷墨高声说。尽管夹谷墨没有做什么出格的事，但班主任还是带着他惯有的那种高高在上的严肃。

夹谷墨也不知道他犯了什么错，可是他的内心告诉他，这一次去办公室不是针对他的。

夹谷墨疑惑地进了办公室，一进办公室夹谷墨的心一下子平静了下来——因为夹谷墨看到了老潘、校长，还有那两个倒霉蛋。

"夹谷墨，你是看到了他们两个在体育馆玩游戏的哦！"校长的话语中带着些地方话，让夹谷墨听得有些吃力。

"嗯，是的。"夹谷墨回答得非常死板，因为他在人多的地方会有一定的恐惧感。

"哦，好的。"校长说。接着他示意夹谷墨坐到旁边的椅子上。

夹谷墨就这样等到了第三节课下课，等到了那两个倒霉蛋的父母被叫到了学校，等到了太阳下山，老师们才叫夹谷墨回家。实际上夹谷墨一点儿事情都没干。

第二十一章　游泳

引子：业余爱好可能会成就未来，有的时候一次偶然的相遇就可以让你一举成名。

夹谷墨从幼儿园的时候就开始学习游泳，每个夏天，他几乎都在游泳池里面泡着，所以每一个暑假，全班没有一个比夹谷墨还要白的人。

夹谷墨不是被夹谷妈逼着去学游泳的。有一天，他心血来潮，想去游泳池里泡一泡，这一泡竟叫他上瘾了，甚至回家以后他还念念不忘游泳时的酣畅，于是，夹谷墨几乎每一天晚上都叫妈妈带着他去游泳馆，每一天这样泡下来，夹谷墨的身上都是白白嫩嫩的，当然，游泳水平也进

霜刀未曾试

SHUANG REN WEI CENG SHI

步神速。

那个时候，夹谷妈还是跑龙套的，一个月的工资也不是很高，但她还是天天带着夹谷墨去游泳馆。就是因为夹谷墨有这样一个看重体育的妈妈，才成就了他游泳的专长。

夹谷墨有的时候真的很感激夹谷妈。

五年级的一天，也就是夹谷墨刚刚转学过来的一天中午，夹谷墨突然听见了广播里播送一个让他开心的消息："请全校会游泳的同学于后天，星期六，到游泳馆进行选拔！通知再播送一遍……"夹谷墨二话没说，马上冲向体育办公室。

"老师，我要报名，502，夹谷墨！"夹谷墨说，还带着一点儿恳求的语气。

"502，夹谷墨是吧，"老师一边记一边问夹谷墨，"联系电话？"

"138××××2266。"夹谷墨说。

"好的，星期六在游泳馆！"老师对夹谷墨说。

"好，老师再见！"夹谷墨说着，便跑出了办公室，一路上还哼着小曲。

晚上夹谷墨很早就回家了，因为他想看看他的那些游泳工具还在不在。

夹谷墨翻了整个柜子，只找到一条泳裤和一条浴巾。"妈妈，我泳帽和泳镜呢？"夹谷墨说道。

"哦哦哦，我看这些都老旧了，给了邻居小孩，"夹谷妈说，"你要用吗……"

"我周六有一个比赛，要选拔一些人，你怎么就给其他人了啊！"夹谷墨抢过夹谷妈的话柄，说。他差点儿哭了出来，心中不是一般郁闷。

"呃，这个，"夹谷妈有些尴尬，于是对夹谷墨说，"墨墨，我刚才还没有说完，实际上我给你买了个新的，看，在那里呢。"

夹谷墨一听，马上恢复了原来的阳光的态度，像见到救星一样，扑向夹谷妈所指的方向。两个快递静静地躺在地板上，不对，是三个。

"我还给你买了一条新的泳裤。"夹谷妈说。

夹谷墨捧着那三个包裹，心中无比开心，真的想马上就去游泳馆试一下。

"要不这样，墨墨，你快点写好作业，晚上我带你去游泳馆，"夹谷妈说，"带你好好地练习一下，以备星期六

的选拔。"

"噢！太棒了！"夹谷墨说。

晚饭过后，夹谷妈便带着夹谷墨和夹谷砚去了游泳馆。

夹谷墨一进到了游泳池里，立刻如鱼得水，快乐地游了起来。夹谷墨又是翻身又是下潜，搞得夹谷妈老是找不到夹谷墨在哪里。

夹谷墨又找回了以前的感觉，觉得自己是海的儿了。

星期六来了，夹谷墨起了床，就开始往游泳馆跑。外面阳光明媚，一看就是夹谷墨的气场。

他进了游泳馆，第一件事情就是摸一摸大门，因为每一次他去游泳的时候都会呛水，这样一摸就像是一个保佑，保佑这一次他在水里不会出什么闪失。

夹谷墨进了更衣室，用很快的速度换上了泳裤，接着他飞快地冲了一个澡，拎着包就去泳池了。

他到了那里，已经早早有人在里面热身了。夹谷墨看了看，没有认识的。他又看了看，很是奇怪，这些人为什么游得这样慢，这可真的叫夹谷墨大跌眼镜，这样，夹谷墨对今天的比赛又增加了几分信心。接着，夹谷墨就听到有一个人在喊："所有人听好了，马上从泳池里出来，来检录台检录。"哦，原来是老潘啊。

夹谷墨走到了检录台，坐在了椅子上，听着检录处的老师说话："现在，我报一下这一次选拔比赛的顺序，首先，是高年级组，四至六年段。第一批：……夹谷墨！"

夹谷墨突然被叫到，习惯性地喊了一声"到"，然后，他来到了泳池边，先往自己身上弄了一点儿水，接着便轻巧地跳进水里。

夹谷墨在水中跳了跳，缓解紧张的情绪，接着，就手扶拉杆，戴上泳镜，随时准备待命。

"各就位，预备，"在旁边的训练员说，夹谷墨一直盯着那个人的腮帮子，只要一鼓，他就马上冲出去，"嘟"！等其他人刚刚反应过来，夹谷墨已经冲出去两三米了。接着，夹谷墨以最快的速度游泳，他只感觉腿已经不是他的了，还有划手，这是他用的最快频率的一次了。

"啊！"夹谷墨冲过最后的三米，大喝一声，接着便向后望去，后面差的还不是一小段距离……

夹谷墨真的十分感谢妈妈，因为她让夹谷墨有了这个特长。

　　第三天，也就是星期一，在晨会上，校长在主席台上宣布了入选校游泳队的名单：当然，排在第一位的肯定是夹谷墨，这个是毋庸置疑的。

第二十二章　真正的追星

　　引子：每一个人都会有梦想，这个梦想多种多样，可能会是一些你怎么做也做不到的事情。梦想总是最美好的，但是，在追梦的路上总是有一些困难等着你克服，这就是人们所说的坎坷。

　　自从夹谷墨喜欢打篮球之后，篮球技术日渐进步，现在的抢断水平比之前要好太多了，不管是谁，连老潘都要退避三舍。

　　夹谷墨的一个好朋友叫郎鹏裕，他现在在追一个球星，那就是NBA三巨头之一——勒布朗·詹姆斯。

　　但因为一些负面消息，夹谷墨很排斥詹姆斯。

　　夹谷墨又考虑了几个球星，比如火箭队的哈登、热火队的韦德等。但是，每一个球星总是有自己的一些不足：韦德的球技和别的球星是没法比的；哈登的各个方面都挺好，在夹谷墨要确定的时候，他无意间翻了一下淘宝，看了看哈登的鞋子，好丑啊！夹谷墨不禁发出感叹。

　　哎呀，看来夹谷墨是追不成星了。但是就在夹谷墨快要放弃的时候，一个球队的名字映入了夹谷墨的眼帘——凯尔特人。夹谷墨马上翻了一下该队的简历，发现队中有一个叫欧文的前锋，球技可以与詹皇相媲美，身板也不是那两种特别的极端，中高个头，颜值也不算太差。

　　夹谷墨开始追星的第一件事就是买了好几样关于欧文的东西，鞋子、书、海报，还有一个篮球。

　　在等那些东西寄过来的时候，夹谷墨一直在和张儡说这个欧文怎样怎样好，也怂恿张儡一起追欧文。可是张儡已经选定了他要追的人了，那就是杜兰特。张儡给夹谷墨普及，杜兰特的体重有230多斤，是整个NBA里面最胖的球星，和张儡一样，张儡是全校最胖的人。因为杜兰特只要一上场，对面的队伍就是百分百凉，没有获胜的机会。尽管杜兰特厉害，但他怕一个队——勇士队。

勇士队几乎全是射手，水平顶尖，其中三分球特准的库里，是所有球星中唯一的白人。他一家两代都参加过NBA，而且都是三分球高手。此外，还有可以把篮筐给虐爆的死神杜兰特，以及那个香肠嘴汤普森，等等。

张偏的梦想就是能碰到篮筐，作为一个胖子，弹跳力好的没有几个，当然杜兰特是其中一个。

算了吧，萝卜青菜，各有所爱，每一个人都是有自己喜欢的理由。夹谷墨也不管别人了，又开始了他的追星之路。

过了两三天，夹谷墨的鞋啊、书啊都到了，他可开心了，放学铃一响就马上拿起书包冲出教室，也不顾抄作业了，一口气跑回家中，谁叫那快递的诱惑太大，让夹谷墨都忘了抄作业。

夹谷墨回到家，把书包扔到边上，自己则坐在地上拿刀开包裹。可能因为太急了，一不小心割破了手指，划了一条小血口。但这对于夹谷墨来说，是十分微不足道的。

夹谷墨最先开包的是那双鞋。这是欧文5，夹谷墨喜欢得不得了，一是因为他喜欢欧文这个球星，二是因为他的篮球鞋真的很酷，夹谷墨都有一种想和这双鞋白头到老的感觉了。

夹谷墨穿上了这双鞋，一下子有一种身临球场的感觉，他站在球场中央，脚下踏着凯尔特人的队标，双手叉着腰，十分霸气。夹谷墨也没有想那么多，因为如果真的要和欧文比的话，他是连球也碰不到的。

夹谷墨满怀着期待，开了下一个包裹。这是一个挂件套装，有的时候夹谷墨连自己买什么都忘了。这里头有一个欧文的大头挂件，夹谷墨马上把它挂在了书包上，明天如果别人看见了，那会有多炫啊！他又拿出一个手环。

哦，上面也有一个和鞋舌头上一样的标志，看来这就是欧文的个人标志吧，真酷啊！

夹谷墨还记得他买了一块手表和一件球衣，夹谷墨四周看看。哟，旁边还有两个包裹，离着有三步远，夹谷墨一边戴手环，一边向那两个包裹移动，手环戴好了，他把手伸直欣赏了片刻。啊，只有一个字可以形容：帅！

夹谷墨看了一下，那只手表上面画着一个小矮人，矮人的一只手撑着一根拐杖，另一只手的大拇指微微翘起，顶着一个画错了的篮球，夹谷墨第一次看到这个队标，不禁发起了笑，因为这队标实在幼稚，让夹谷墨想到了超级马里奥，而且经过夹谷墨的查找，发现凯尔特人的队标还有另外一个样子，就是四叶草。夹谷墨又笑了，和超级马里奥更相像了。

再说那件球服，前面大大地印着一个CELTERS的标志，身后也一样只不过在那一串英文上面有一棵四叶草，这可能将伴随着夹谷墨的篮球生涯直到欧文转队或者退役。

第二天，夹谷墨穿着这双鞋去上课，班上的几个名牌主义者又开始像夹谷墨穿AJ那天一样吵起来了，哎呀，这些人真吵啊。不过，夹谷墨倒是挺想让他们好好闹一闹，因为他想让全班同学都知道他在追欧文。

夹谷墨的追星可不止这些。可是，追星真正的目的是什么呢？夹谷墨总结了一下。

追星不是为了精神寄托，买些配件，而是以那个明星为目标，努力学习他的优点，努力变得和他一样，而不是因为他的帅，应该想到自己，通过追星能学到些什么。

哎，夹谷墨又悟到一条人生哲理。

第二十三章 "夜游神"魔鬼团（一）

引子：混混的威力无穷，但是有一些混混是有理智的，不仅会告诉你一些知识，还会教你怎样做人……

夹谷墨班上有一个街头混混叫李楠，就是上次提到的那个管家爷。什么事都有他的份儿，无论发生什么事情总会看见他的身影在人群里晃悠。但是，夹谷墨倒挺喜欢他的，因为他见多识广，经常告诉夹谷墨一些他闻所未闻的东西。什么霍金预言，什么外星人入侵地球，都说得和真的一样……

哎呀，李楠就是一个这样的人，骗人骗惯了，说话也开始不讲依据了。夹谷墨每一次听他吹牛，都信以为真，因为他那种说话的口气、那种老练圆通的表达都让人忍不住会相信他。

但是，李楠在体育方面是值得肯定的。他跑得还算快，但没有夹谷墨快，众所周知，小时候夹谷墨与初中生玩抓人都是抓人的料，而李楠却是被抓的料。但是李楠练就了一身篮球的技巧。在平日，他也经常与初中生一起打篮球，大部分时候都是稳操胜券。他还有一个特长，就是骑自行车。

那天是星期五，夹谷墨他们班的最后一节课是社团，快要下课的时候，李楠神秘兮兮地拍了正打球打得欢的张儒和夹谷墨一下，接着向他俩使了个眼色，往厕所看了看，脸上露出了狡黠的笑容。

夹谷墨吓了一跳，他以为李楠又想把他们困在体育馆那肮脏的厕所里，不过，夹谷墨又觉得他最近老是多疑，所以，顿了一秒后，就和张儒、李楠一起进去了。夹谷墨刚进去，就看见了李楠在一扇厕门上掏着什么，过了好一会儿，他才从上面拿下来两个徽章，上面写着"夜游神魔鬼团"。夹谷墨刚想问李楠这个是干什么的，只见李楠吹了一声口哨，接着就从四面八方传来踏地板的声音，说实

霜刃未曾试 / SHUANG REN WEI CENG SHI

话夹谷墨在那个时候惊得眼镜都要掉下来了，因为他看到了很多人从每一扇的厕所门里跳出。

但一会儿夹谷墨就不害怕了，因为在他的火眼金睛下，他看到了好几个老相识，几乎都是夹谷墨在广场上认识的，以前都是一起在广场上疯的，能不记得吗？

这样拥挤的氛围一直到夹谷墨同意加入夜游神魔鬼团了以后，才变得十分轻松。本来应该是夹谷墨和张儡给入队礼的，可没想到这个队如此奇怪，竟然是老队员送给新队员礼物，这真的让夹谷墨有点意外。

就这样，夹谷墨一个下午就得到了几样防身利器：一把瑞士军刀、一个自带小刀的打火机、一大盒烟幕弹，一大盒威力很大的烟花。夹谷墨的人品还是很不错的，因为张儡只得到一把瑞士军刀和一盒烟幕弹。夹谷墨可开心了，因为他一直想要这些东西，今天终于拿到了。

晚饭过后，夹谷墨草草完成了周末作业。

约定的时间快到了，夹谷墨想先下去了，不过在下去之前，他先换了一套衣服，根据"夜游神魔鬼团"一级规定，每一次参加活动都必须穿反光詹姆斯球鞋、阿迪达斯裤子、黑色欧文卫衣、外披一衬衫、白帽子、黑口罩和一辆自行车。

夹谷墨刚好都有，只是可怜了那张儒，他爸爸妈妈总是打着给他买衣服的旗号去商城给自己购物，自己穿得花里胡哨，张儒几乎是天天穿那几件肚皮都露出来的衣服。

夹谷墨敲响了张儒家的门，里面传来了夹谷墨熟悉的声音，这声音很粗，一听就是装的。

"嘿，是谁啊，是夹谷小朋友吗？"夹谷墨一下子气得七窍生烟，不过这不是第一次了，所以他很快平静下来，说："张人田田田，你够了。"只听一声开锁的轻响，从里面走出了一个人，这个人的衣着和夹谷墨的极为相似，是张儒。夹谷墨差点没认出来，因为张儒从来就没有穿过什么好衣服。这一次竟然整装一新，不知张爸爸、张妈妈发了何等慈悲，竟然给他们的宝贝买了好几件衣服裤子。

"夹谷墨，和你说啊，我爸妈今天真的是大发慈悲，把这几年没给我买的衣服都补上了。"张儒兴奋地说着。

夹谷妈不是这样的性格，她是分阶段给夹谷兄弟买衣服的，从来不会失去理智乱消费。

夹谷墨和张儒走下楼梯，给放在地下室的自行车开锁，然后推出门外。夹谷墨远远地就可以看见广场上的动态，

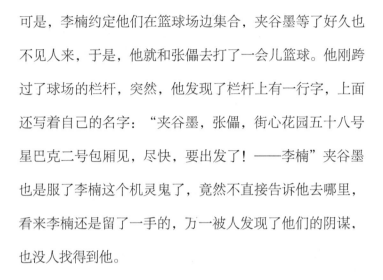

可是，李楠约定他们在篮球场边集合，夹谷墨等了好久也不见人来，于是，他就和张俑去打了一会儿篮球。他刚跨过了球场的栏杆，突然，他发现了栏杆上有一行字，上面还写着自己的名字："夹谷墨，张俑，街心花园五十八号星巴克二号包厢见，尽快，要出发了！——李楠"夹谷墨也是服了李楠这个机灵鬼了，竟然不直接告诉他去哪里，看来李楠还是留了一手的，万一被人发现了他们的阴谋，也没人找得到他。

夹谷墨和张俑一听说是他们马上就要出发了，真的是无比激动，但又有些惭愧，毕竟让那么一大堆人等他俩，总不好意思吧。

夹谷墨和张俑以最快的速度冲向了星巴克。

第二十四章 "夜游神"魔鬼团（二）

引子：实际上，每一个人的心中都会有一个梦想，有的时候来得突然，自己也没有准备好。

夹谷墨和张儒到达了星巴克，一进去就径直走到二号包厢，还没有走到，一个服务员就喊了一下夹谷墨："嘿，魔鬼团成员，李楠先生给你们买了一杯咖啡。"夹谷墨心里想，就这么点路程也要喝杯咖啡，这个李楠。

夹谷墨接过了咖啡，摇了摇，感觉不像什么怪物，就喝了下去。喝到一半，感觉杯子底下有点东西突突的，于是夹谷墨把它举过头顶，惊呆了，又是一行字，上面写着："别去二号包厢了，去中心街的那家肯德基。还有，喝完

霜刃未曾试

SHUANG REN WEI CENG SHI

了就丢掉，不要被其他人知道。——李楠"

"啊，简直是地下党见面，套路如此之深！"张僴盯着瓶底说道，从话语中，夹谷墨能读出他对李楠的赞叹。

夹谷墨二人又是一顿乱赶，终于到了肯德基，终于看到了那几辆自行车，还有那些戴黑口罩、白帽子穿卫衣的人。接头成功！夹谷墨在心中叫道。

夹谷墨二人与那一群人一起，开始了骑行。

李楠骑在第一个，因为他是该团的创始人。夹谷墨和张僴还没有弄清楚他们要去哪里，所以要问个明白。"李楠，咱要去哪儿啊？"夹谷墨问。"去市区。"李楠回答，不过比平日增加了一些威严。

夹谷墨一听惊呆了，市区离我们这里可有六十千米，去市区可不是骑得累死？夹谷墨忐忑不安地和张僴跟在大部队后面。此时的张僴也是受到了市区的刺激，稍微顿了一会儿，又开始"随波逐流"了。他们已经骑一半路了，再回头是不可能的，唉，真是上了贼船啊，下不来啊！

夹谷墨忐忑地看看张僴，因为他知道，张僴也是一个受害者。张僴虽然骑得还算快，但是已感觉到他很吃力了，夹谷墨看他不时地两眼翻白，可怜的孩子啊！

夹谷墨的后背已经被冷汗包围了，他不时地打几个冷战，万一他有什么三长两短，那妈妈要有多担心啊，自己还没有大晚上走那么远的路呢，夹谷墨想着，越想越担心，越想越紧张。但是，如果现在逃跑可能会被一大群人追着唾弃。

夹谷墨马上就蹬快了脚踏板，几乎用自己吃奶的劲儿骑行着。慢慢地，他超到了队伍最前面，所有人都惊呆了，因为现在已经在那一条通往市区的快速路上了，而且又有横风，人是很难骑快的，全部的人都张大了嘴巴，李楠也是，他是怎样成为首领的？那是因为有一次，他在前任首领和所有队员面前，为了保护大家的安全，勇敢地和一条狼狗搏斗，虽然他被咬了两口，但是他赢得了全队的尊重。

这一次，夹谷墨给全队开了个头，他借着月光，发现了前面路上散落着一些铁钉，还有些障碍物，夹谷墨迅速停下，想检查一下自己的轮胎，发现后面的所有人都停了下来，都下了车。

夹谷墨被搞得不知所措，他不知道大家为什么要下车，也不清楚为什么要等他。突然，李楠发话了："夹谷墨，恭喜你，你成了我们团新一轮首领。"说着，把他的那辆车让给了夹谷墨。"你，也尝尝首领的滋味吧！"李楠又回到了以前的那种说话态度，又开始变得友善起来了。

夹谷墨是完完全全呆了，自己就停下车系个鞋带，竟然还可以当上首领？夹谷墨觉得有些瘆得慌，但是在那么多人面前只好执行自己的职责。

"算了，大半夜的，就不去市区了，不然李楠兄弟还要跑死。要不这样，咱们去街上的那家'老香港'去吃云吞面？怎样啊，各位？"

"一切听您指挥！"一大群人齐声喊道。

第二十五章　救曹操

引子：有的时候，幸运是你的付出争取来的，那些没有付出就很幸运的人，实际上也不是什么幸运，只是天上掉的馅饼。

夹谷墨最近爱上了《三国演义》，天天就是一写好作业，就看最原始版的《三国演义》，里头全是文言文，但是夹谷墨语文不错，所以大都看得懂。

他有一个特点，就是喜欢每一部作品里的反派人物。这不，他现在喜欢曹操了。他看到这个角色的时候就感觉这个人"问题多多"，为什么呢！自以为华佗要把自己给杀了，就让手下把华佗给腰斩了。

夹谷墨的下一步，是搜索曹操的生平资料，看看他老家在哪里，喜欢干些啥、玩些啥。

这天晚上，夹谷墨就如往常一样在电脑前搜查曹操的资料，突然，在显示屏的左下角跳出来了几个字：三国华容道，益智游戏，值得一试！夹谷墨当时不小心没注意，就点开了。里面出现了一张有着好几块木块的类似于积木的一种玩具。

夹谷墨看了看，点了"开始"，接着，在他面前的是一个"横刀立马"的阵法。可是，夹谷墨随便走走就走出来了。然后又是下一关，再下一关。

夹谷墨喜欢上了这个益智游戏，每天待到写好作业，或者一切事情搞停当的时候，他都会在电脑前玩这个好玩的游戏。过了好几天，夹谷墨已经可谓是酷爱了。

现在的学校都会举办一些活动，比如音乐节啦、英语节啦，等等。

这一次，到了夹谷墨学校一年一度的数学节。夹谷墨可开心了，因为在数学上，他可是大学霸，什么奥数题目、什么几何模型在他眼里简直就是小菜一碟。而且益智类的游戏夹谷墨都会玩，他的三阶魔方已经达到"炉火纯青"

的境界了。

所以等到老师说这一次有数学节的时候，夹谷墨是第一个报名华容道的。

"华容道就是一种古典益智玩具，传说是鲁班设计，依据曹操败走华容道，关羽护送他的故事改编的。"

"就是一块木板，中间有凹陷，凹进去一个长方形，然后里面有一块叫'曹操'的大牌、四张竖牌和一张横排，还有四张卒。"

"这个游戏是我前几天在搜曹操资料的时候从边上跳出来的词条，然后我就天天晚上玩。现在我的技术已经算是还不错了吧！"夹谷墨说。

全班同学惊呆了，他们说："真正的学霸就是要像夹谷墨这样的，老师还没有布置，自己就已经先做了。"

老师对夹谷墨早上的表现很满意，并表扬了一通，夹谷墨红着脸，都有些说不出话来了。这使他更要做好，毕竟有老师的期望在嘛！

于是夹谷墨一回到家，马上叫妈妈给他买了一个华容道。过了几天，货就到了。

"妈妈！货到了！"这天放学，夹谷墨就一直在楼下等快递，因为他知道，今天会送到。

一到家，他迅速拆开了快递，拿出了他期待的华容道，便开始孜孜不倦地玩了起来。

只一个傍晚，夹谷墨就学会了不下十种阵法，这真可谓是不鸣则已，一鸣惊人——本来玩都不会玩，可是一玩起来就像大师一样，可熟练了。

"如果这样去比赛，稳了！"夹谷墨心想。

接下来的每一天，夹谷墨都在练习华容道，本来华容道买来的时候，积木和底之间的摩擦力很强，几乎就是像扣在一起一样，特别难弄。可是现在，在夹谷墨的手下，每个华容道积木的边边角角、下面垫的底，全都被磨成了钝角和光滑的平面，就和抛过光的没什么区别。

因为还有两三个星期就比赛了，老师组织班级里要参加的人集合，说是要来一个集训。

当然，夹谷墨肯定是毫不犹豫地参加了。

老师出了一个阵法，好像是"近在咫尺"，这个夹谷墨是最近才刚刚练的，所以走的时候有一些卡。但最后还是走出来了。

接着是"一夫当关"，这个夹谷墨真的是熟得不能再熟了，太简单了。夹谷墨没过多久就走出来了。由于难度系数不对称，之后的训练夹谷墨索性都请假，自己在家里边练习。

而且，他不仅练习，还编了好几个故事，就拿"横刀立马"来说吧：从前有一天，一个叫曹操的人正在散步，突然冲出五个大汉还有四个小兵，将他团团围住，接着，曹操因为穿得轻便，所以比其他几个人灵活，但还是遍体鳞伤，不过他坚信，会有人来帮他摆脱困境的。这不，当时有名的军师夹谷墨恰巧走过，最终，曹操在夹谷墨的协助下成功逃出了华容道……

像这样的故事夹谷墨编了已经不止十个了。

时间当然是不等人的，转眼间就到了比赛的那一天。这天，天气很不错，太阳当空照。夹谷墨最喜欢这样的天气了，因为这样的天气使得他的精神更加饱满。

第二节课课间，夹谷墨在位置上练习一个名叫"小燕出巢"的阵，这个一般人是走不出来的，因为这个阵里头有一个大坑，你可能是有进无回。这个阵夹谷墨昨天晚上练到了将近十点半，可见这个阵有多难。夹谷墨照着图纸一步一步地做着，先是要摆脱这个无解的循环，接着便是莫名而又神奇的解法，难度可见一斑。

但是，最后夹谷墨还是学会了，这使他很开心，因为这个阵全校只有他一个人会，同时也是华容道中最难的阵了。

午休刚结束，夹谷墨就开始切橡皮，因为他想让华容道板不会太滑，不然手一拨就逃走了。待全部弄好之后，他就带着他的"武器"向比赛的那间教室走去。

老师也缓缓走过来了，向讲台上走去，打开了PPT。一看，便是令夹谷墨开心、快乐的四个字"小燕出巢"。

接着，整个教室里的学生都炸开了。"什么鬼啊，这是什么阵啊？见都没有见过！"四班的欧阳砚梓说。

看看教室里产生了骚动，老师提高嗓门儿说：

"安静，不管你会不会，都做！"

"好，现在，把手伸到计时器上，双手按住计时器。"其中一个老师喊。

夹谷墨有一种强大的气场，这种气场是不可战胜的。

"三——二——一——开始！"

夹谷墨二话不说，马上开始噼噼啪啪地拼了起来。其他人云里雾里，找不到门路，最后干脆只看夹谷墨表演了。

夹谷墨的脑海里依旧是那幅图，而且想忘也忘不了。

好像是到了最后的几步，夹谷墨的那些同学们一个个都在"噢噢噢"地叫，像是发生了一件不可思议的事情一样。"好了！"夹谷墨一拍计时器时间定格在了三十一秒，这一百多步被夹谷墨在三十几秒内走完，这真的是神了啊！

第二十六章 心情过山车

引子：人生中总会面临着一些挫折和困难，但总是要去克服的。阳光总在风雨后，所以，有的时候，挫折只是短暂的，只有经历前面的苦，才能换来后面的甜嘛！

最近，夹谷墨的作文老师叫他赶一篇微小说，所以近来一个星期，夹谷墨的课余生活几乎都被电脑侵占了。可是，最近又是夹谷墨他们学校的期中考试，夹谷墨的时间不得不挤压再挤压。

虽然有句话说："时间就像海绵里的水，只要你愿意挤，总还是有的。"可是你就为了挤一个海绵，还让你天天头昏脑涨，那还不如不挤呢。

夹谷墨现在是天天早出晚归，每天早上六点多起床，晚上十点多睡觉，忙得像陀螺一样。

现在，夹谷墨恨不得把那台电脑砸了，太烦了。他天天处于生活高负荷状态中，脑袋都不知道抗议过多少次，说自己太累了。

微小说一篇至少要一万多字，夹谷墨从来没有写过这么长的文章。他要么是写两千多字的作文，要么是写五六百字的稿件，所以，夹谷墨对于这样的文章还不适应。

这个微小说，不仅占用了夹谷墨的大部分课余时间，还让夹谷墨的课外学习一落千丈。平时，夹谷墨有一个奥数补习班和一个英语补习班，其他的都是一些无关紧要、可有可无的。这两个补习班的老师都向夹谷妈反映了这一段时间夹谷墨的状态，都说夹谷墨在上课的时候无精打采。

这也是情有可原的啊，谁让夹谷墨的作文老师催得如此紧。

因为这样，夹谷墨的星期五晚上的广场生活也就全泡了汤，他也是十分伤心，毕竟他是看着张僵过去打篮球的，那是多么自在啊。

夹谷墨现在，每天就是复习复习复习，没有一点儿自由时间，当然，他也挤不动海绵了。

日子总是要过的，夹谷墨在妈妈的催促下过完了这难熬的几天。

夹谷墨终于把那难缠的东西写好了，他在考试的前一天投了稿，这让夹谷墨豁然轻松。

可是，还有另一个困难在等着他，那就是——期中考试。

虽然微小说赶完了，但是每一天还是照样得忙。例题在课间刷，提纲、要点在课间背，还有那些错题，夹谷墨真的是拿它没辙。终于，夹谷墨考试了，他最有信心的是数学，因为监考的老师他刚好认识，所以他叫监考的老师帮他检查了一下，经过一系列的检查，他才帮夹谷墨找出一个填空题错，这让夹谷墨很是兴奋。

在考完试回家的路上，夹谷墨一直在想他站在旗台下，一个老师给他颁发一张写着全年级第一的奖状，在全校每一个人的见证下和校长合影，那可真是别有一番滋味在心头啊。他沉浸在美好的幻想里，不知不觉到家了。同时，夹谷墨也是十分兴奋的，因为今天放学的时候，班主任老师说了，明天春游，夹谷墨他们全班都在欢呼。

他一回到家就倒在床上，直到妈妈把他叫醒。"墨墨，吃饭啦！"妈妈说着用她的手轻轻地拍着夹谷墨的脸，夹谷墨才在妈妈的温柔声中醒来。

哎呀，真舒服！他不禁赞叹道，又唱起了那首《阳光总在风雨后》，多么快乐啊。吃好饭后，他约了张偏下楼打球，张偏就是个开心果，尽管考得不好，但也不会有太多的悲观情绪，每天也乐呵呵的，这既是各科老师喜欢他的原因，又是讨厌他的原因。

夹谷墨刚出门老天就下起了雨，他真的不知道是自己的人品太差还是天公不作美，所以，他们就一路狂奔，转向超市备一备春游物资。

张偏对好吃的总是有着一种天然的直觉。他把夹谷墨带到了罐头专区，挑拣了半天，终于挑出来了几个不同口味的罐头。

"夹谷墨，今天老夫告诉你，下次别买那些杂七杂八的罐头了。"出了超市的门，夹谷墨就感觉到一阵热浪扑面而来，都有些受不了。"什么世道，刚才还寒气逼人，现在就热如深汤啦！"夹谷墨把舌头伸出来，想学学狗的方法，看看能不能降温降得更快。他们也没心情打球了，就各自跑回家了。

第二天早上是一个大晴天，夹谷墨最喜欢这样的天气了，因为这样就可以无限地吸收太阳光，使自己长得更高一点儿。

夹谷墨到了学校，刚进门就看见有一个同学在分口香糖，所以夹谷墨就向他要了一颗，然后回到自己座位了。可是事情总是没有想象的那么简单，夹谷墨预感到总会发生什么事情。

过了一会儿，老师拍响了那听了五年多的掌声，马上，全班安静了下来。

"好，现在开始宣布一些纪律，"班主任还是那样严肃，"每个人的垃圾袋都准备好了吗？"

接着全班十分整齐地喊了一声："准备好了！"还拉腔拉调……

这时话锋突转，老师板着脸对夹谷墨说："你再吃口香糖，回家后小心你妈揍你了。"

"为什么啊？"夹谷墨被突如其来的话搞蒙了。

"全班告诉他！"老师对全班说。

"考差了！"全班零零星星地说。

"再说一遍！"

"考差了！"

"指着他再说一遍！"

"考差了！"

夹谷墨心中的涟漪随着那愈加强烈的嘲笑声越荡越远。他真的不知道出了啥情况，难道是自己的草稿本有魔力，把填写的答案都变样了？夹谷墨心中有一百个疑问，可就是想不出答案。

他也不想说什么，只是静静地背着书包，眼睛没有目标地四处张望，最后又看到了地上，一直盯着。

"夹谷墨，你觉得你这一次可以考多少分？"班主任走过来，对夹谷墨说。

夹谷墨瞬间泪崩，因为他已经检查得很仔细了。"应该会考得挺高。"夹谷墨的手一直在裤子上摩擦，不时地抓抓衣角。

"可你只考了八十七。"班主任很直白地和夹谷墨讲，不留一丝情面。

接下来的春游里，夹谷墨没啥心情，只拿起自己的水杯疯狂灌水。

"夹谷大圣看来是要多灌一点儿水，好让自己长记性。"

就这样，一天恍恍惚惚过去了，夹谷墨什么也没玩到，倒是那个张偏，玩得都有些疯掉了。

回到了家，夹谷墨就闷闷地睡了，一直睡到妈妈像昨天一样把他叫醒。

夹谷墨本来是不想和妈妈说的，可是，如果不说的话就像有一块石子堵住喉咙一样难受。

"妈，我数学考差了。"夹谷墨跟在妈妈后面，沮丧着脸。

夹谷妈一下子转过头来，问："考多少分？"就在这时，夹谷妈的电话响了，夹谷墨感觉一阵莫名的轻松传遍全身。

可是，等待往往是漫长的，隐约觉得电话里应该是讲分数的事情。

"夹谷墨，你考了全年级第三！好棒！"夹谷妈宽慰了一脸丧气的夹谷墨。

夹谷墨一下没有搞懂。为什么数学考八十七都可以是全年级第三。于是，他问了妈妈。原来，班主任改错试卷了，把夹谷墨的成绩算错了。接下来的一段时间里，夹谷墨都处在对班主任的讨厌之中。

　　唉，这几天的心情像过山车一样。

第二十七章　认干妹

引子： 有些事情总会出人意料，峰回路转。有些事平时都没啥关系，但机缘一来，却又亲上加亲。

期中考试过后，夹谷墨的生活丰富了许多，又是打篮球又是参加社团。

这一次期中考，学校还把各年级考试前三名的人都集中在一起，说是要带他们到外面去游学。这一次林梓叶的成绩和夹谷墨一样，双双进了年级前五。

那天早上，夹谷墨早早地到了学校，他今天没带书包，因为他今天要去游学。夹谷墨坐在校门口的大椅子上，晃荡着两条腿，等着其他人。过了一会儿，夹谷墨看见了一个轻盈的身影向夹谷墨蹦来，这身影夹谷墨见过很多次了，就是那个林梓叶。

"夹谷墨，你在等老师过来啊？"林梓叶说，今天的她说话的声音有些怪。

"啊，是啊，有事吗？"夹谷墨对女生就是这样，一本正经，不像在男生面前，可以随意地开开玩笑，也为的是不想在女生面前出洋相，避免不必要的麻烦。

"夹谷墨，和你说哦，"林梓叶搞得神神秘秘，好像不想让夹谷墨以外的人知道，所以夹谷墨也听得格外认真。

"我妈说叫你当我哥哥。因为我妈观察你许久了，看到你挺上进的，又幽默，叫我向你好好学习。"林梓叶说到一半，又开始嬉皮笑脸起来，这样的神情夹谷墨读得懂，这是戏精之间的语言。

现在是什么世道啊，怪事年年有，今年特别多。又是乱认亲的，夹谷墨都不知道被骗了多少次了，至少有几次被张偎骗得很尴尬。他感觉林梓叶好像也想套路他，所以他一直很谨慎。

"这是套路吗？"夹谷墨做出了一个往林梓叶相反方向倒的动作。

"没有，是真的！"林梓叶坦诚地回答，这让夹谷墨有点吃惊。一个人无缘无故竟然要求别人当自己的哥哥，又是什么道理？

其实也没有关系，因为夹谷墨他们家的男性基因很强，自己的几个堂兄弟都是男的，夹谷墨早早就想要一个妹妹了，没事，就当玩玩！

所以，夹谷墨就答应了。

开始的几天，夹谷墨也没有觉得林梓叶有些什么变化，可是，有一天，夹谷墨真的觉得林梓叶把自己当哥哥了。

那天，林梓叶邀请夹谷墨去参加她的生日宴会，因为是待定的"兄妹"关系，所以夹谷墨就去了。晚上，夹谷墨早早地就写完了作业，因为他要参加宴会。他手脚麻利地把一大堆作业都解决了，并和夹谷砚看了一会儿电视，夹谷墨今天打算穿运动装过去，因为那会让人看上去更阳光、更青春。

夹谷砚边看电视边对夹谷墨说："你怎么经常有聚会？每一次你走了以后都只留下我在家里孤独地吃着面。妈妈晚上又要出门了，我又得一个人待在家里，唉，你们一个个都是大忙人，就我最闲。"夹谷砚说着，失落地低下了头。

"那我问问看，看看我妹可不可以请你。""你妹？你什么时候有一个妹妹？我怎么不知道。"夹谷砚的眼睛睁得大大的，想必是认为夹谷爸和夹谷妈又生了一个宝宝出来，如果这样的话，他在家里的地位就会腾地一下往底层砸去。

"你知不知道林梓叶，就是咱学校的那个能歌善舞的。"夹谷墨说着，心中也有一丝骄傲，这样一个妹妹，谁不想要啊！

"啊，她是你妹？"夹谷砚吓了一大跳，"她又不姓夹谷。"

夹谷墨真的不知道夹谷砚是怎么想的，索性就不说话了，任夹谷砚怎么问。

夹谷墨穿起了衣服，拉上了拉链，对着门边的大镜子看了一下，就跑回了沙发，拿出了手机，背对着夹谷砚开始解密码。夹谷砚马上把电视给关掉，一本正经地看着夹谷墨。夹谷墨解完了密码，便拨通了林梓叶的电话，接着开了免提。妈妈告诉他和夹谷砚，每一次打电话都要开免提，不然的话辐射会很大。

这个手机候机铃声真的很搞笑，唱的是《卡路里》，刚开始放就是杨超越的那句"燃烧我的卡路里"，弄得夹谷兄弟笑了大半晌，也搞得正在洗头的夹谷妈探出头来，莫名其妙地看着他俩笑。

这个时候，电话接通了，夹谷墨立刻屏住笑，说："喂，阿妹啊，我弟夹谷砚也想来，可以吗？"夹谷墨问，其实他不想让夹谷砚去，因为在那里没有一个他的朋友，只有一个夹谷墨，怕他孤单。可是，林梓叶好像是十分想让夹谷砚去，还做出很欢迎的语气。"可以啊，我早就想见见你弟了，你俩应该长得很像。"林梓叶十分客气。

"哥哥，那我一会儿来接你，你在小区东门等一下就行了。"说着林梓叶便挂了电话。

在夹谷墨的心中，对她还是有一丝陌生，因为他觉得，干妹妹就是叫着玩的，不能变成真的，所以，有的时候，夹谷墨还是没有管林梓叶叫妹妹。

夹谷砚也穿起了和夹谷墨一样的衣服，说着他俩便出了门。他们在小区门口，夹谷砚叫夹谷墨给他手机，想玩一局游戏，夹谷墨是肯定不让的。不过他自己倒是玩了一盘，理由就是，夹谷砚现在应该把心思放在学习上。

过了一会儿，一辆吉普到了，夹谷墨觉得这辆应该是林梓叶他们家的车，可是，夹谷墨猜错了。这辆车后面还跟着三辆车。

　　车队刚刚停稳，最前面的那辆车的门就开了，里面走出来了一个人，林梓叶站在车门旁边，看着夹谷墨，大声叫道："快上车！"夹谷墨往后面的车看了看，发现每一辆车里都有人，而且都盯着他，夹谷墨最讨厌这样的尴尬气氛了，于是加快了走路的步伐。当夹谷墨走到车门边时，想等一下夹谷砚，可是，竟然发现夹谷砚不见了。他回头看看，也没有夹谷砚的身影，可能是看到林梓叶害羞了，于是就跑了回去。

　　夹谷墨上了车，发现有一个男人正在抽着烟，但是素质很好，抽的是电子烟，没有烟雾的那种。"老爸，这是我刚刚认的哥！"林梓叶对那个男人说。那男人转过头来，对着夹谷墨露出了一个笑脸，夹谷墨瞬间就轻松了。他看着这个男人像一个公司的老板，有着一股气场。再看看驾驶员，是一个一米九几的大汉，头都快顶住车棚了。可是，这个男人看上去蛮和蔼的，他看样子嘻嘻哈哈，毕竟他长了张长着胡子的娃娃脸，有一些像乔布斯。

"Hello，Mr.JiaGu."那男人说，这是夹谷墨最向往的音色，因为最近乐乐老师总是说夹谷墨的音色有些娘，叫他放沉一点儿，"听说你学习上进，幽默活泼，大家都很喜欢你"。这么一说，夹谷墨的脸就红了，当他还要说话的时候，林梓叶开口了："这是你另外一个家，用不着脸红，我是你妹，我爸也是你爸，没关系的！"旁边的大汉转过头来，对夹谷墨"嗯"了一声。

"走吧！"林梓叶对那个驾驶员说。

车停了，夹谷墨下了车，刚刚下车的还有一位妇女过来握着夹谷墨的手，夹谷墨抬头一看，看到这个妇女庄重又高贵。她见了夹谷墨就是一个大大的拥抱，夹谷墨被搞得不好意思了，他根本不知道她是谁，但又好像在哪里见过。

"夹谷墨，不记得我啦，我是林梓叶的妈呀！"那女人用一种非常亲昵的口吻对夹谷墨说。跟在后面的林梓叶在夹谷墨的耳边悄悄地说："这是我妈！"

"哦哦！"夹谷墨现在不敢叫妈，因为还有些陌生，如果叫老妈的话自己还真有点不习惯。

这下夹谷墨的心中是无比的尴尬和空荡，还没有了解林梓叶她们家的族谱就开始往她的家门里钻，想想还是不好意思，不过她的家人倒是很欢迎，没有一点儿排斥的意思。

夹谷墨走进了餐厅，里面还有几个人在拉小提琴，听着很优雅。

夹谷墨真的不知道这干爹到底哪来这么多钱，自己女儿的生日搞得如此隆重。

夹谷墨一进到包厢，就闻到了一种薰衣草的香味，这个房间让人感到很温馨，舒服极了。

夹谷墨走到了自己座位的旁边，拉开了椅子，坐了进去，看看桌面，惊喜过望，金枪鱼、三文鱼、象拔蚌，这都是夹谷墨的最爱，但是，大家还没动筷，我可不能胡来，要理智，对，要理智。夹谷墨先把自己的餐具给拆开，把刀放在左边，把叉子放在右边，这就是大家说的左刀右叉。

夹谷墨本来是想要倒点开水烫碗的，可没想到这里的碗竟然洗得和镜子一样，就好像高级餐厅。夹谷墨想要等到干爸干妈先动筷再开始吃的，但是，梓叶妈妈真的很客气，让夹谷墨先动筷，实际上过生日的是林梓叶，搞得好像今天夹谷墨是寿星一样。

接下来除了唱生日歌和发礼物阶段，其他时间都是夹谷墨在领导，夹谷墨有一些不好意思，毕竟是别人的场子，自己还闹得不亦乐乎，真的很不好意思。

就这样，林梓叶成了夹谷墨小学阶段唯一的一位干妹妹。

第二十八章　表弟到家

引子：现在一些家庭，常常这样，小的犯了错但承担责任的却是大的，不管是男是女，小的往往是最吃香的。

夹谷墨有一个叔叔住在杭州，他可是一个了不起的人物。他是杭州某知名大学电子工程系的教授，曾经自己组装过一台智能机器人去参加市里面的动手大赛，还被市推荐到省里去了，最后就被保送到那所大学了。他还是一个历史狂，上至秦皇汉武，下至明清民国，全部都知道，以及外国的那些像"特洛伊之战"啊、"耶路撒冷战役"啊，他全都知道。

所以，他是夹谷这个家族公认的最有智慧的人，也是

霜刃未曾试 SHUANG REN WEI CENG SHI

权威性人物。

叔叔有一个小宝宝，他的名字叫熙熙，叔叔给他取小名的时候，想到了康熙，于是取小名为熙熙。

这个小孩子不用说，肯定是非常聪明的啦，可是，我们也不能当一个一味的、一成不变的引婴投江者，至于为什么，请往下看。

暑假到了，夹谷墨开心极了，因为夹谷妈夹谷爸要带着他和弟弟出去玩，另外一个是因为熙熙要从杭州来，这是夹谷墨第一次见他，所以夹谷墨还是很期待的，他会长啥样？长得和叔叔像不像？

暑假开始了，夹谷墨和夹谷砚都盼望着熙熙的到来，他们真的太想看见他了。

像是过了三五天的样子，那天中午十二点多，夹谷墨像往常一样去房间里午睡，夹谷砚不睡，因为他要看他最喜爱的《明日之子》。午睡前，夹谷墨都会习惯性地趴在窗户前，看会儿大马路的车水马龙，突然，他看见了一辆出租车停在了他们家的门口，接着，一个穿着小皮鞋、一身小西服的身影从车里面出来了。一个小孩，也就一米二的个子，却搞得像是一个大老板的派头，气场十足啊！

夹谷墨眯着眼，想好好看看这个小孩的面貌，他突然发现，这个小孩的面孔好像和某一个人很像……哦，对了，叔叔！夹谷墨立马冲到沙发前，对夹谷砚说："夹谷砚，熙熙来了！""啊？我听爸爸说，他才刚刚上动车没多久，我们在温州，他来至少也要两三个小时吧，哪会这样快！""我早上八点多的时候也听妈妈说过……""不会吧。"

　　夹谷墨无语了。

　　就在他们说话的时候，从门外传来了三声敲门声和一声门铃，夹谷墨迫不及待地去了。由于太过着急，所以他一不小心推门出去的幅度大了，正好把在门外的那个人的头给撞了一下。夹谷墨小心翼翼地探出头向外观望，只看见一个小孩一只手捂着头，另外一只手把着门，右嘴角微抬，大喘粗气地看着夹谷墨，夹谷墨刚要说对不起，只见那个小孩愤愤地用力猛推，夹谷墨只感觉脑袋一晕，便倒在了地上。

　　等他醒来，已经是在床上了，只不过是病床上，身边坐着：张儡、夹谷砚、妈妈、爸爸，当然还有那个淘气包。

　　"夹谷墨，来，这是你弟，熙熙！"夹谷爸说，虽然语言中还是像以前那般平淡无味，但是，夹谷墨听得出来，他稍稍地有那么一丝担心。

但是，真正让夹谷墨所在乎的，并不是夹谷爸对他的态度，而是这个熙熙为什么会这样"顽皮"。

接着，夹谷墨就想出院了，毕竟感觉没啥大碍，他还想着和张偄一起联机打游戏，他刚要把扶手给放下来，突然，旁边的一个人"腾"地一下站了起来。"不，你不能走！"原来是个医生，好像是新来的，因为夹谷墨以前在医院里都没有见过这个人，"你要在这里再留一天，是观察期。"夹谷墨有点沮丧，唉，算了，谨遵医嘱吧。

接着，他朝着张偄抛了个眼神，把被子一拉，躺到了床上。

"夹谷墨，走了哦！"张偄说，接着，他露出了俏皮的笑容，"节哀顺变"。

"张偄！"夹谷墨马上坐了起来，可能是因为太用力了，脑袋又开始疼了。待他反应过来，张偄已经不知道跑到哪里去了。

"墨墨，好好休息，妈妈晚上吃好饭再来看你。"夹谷妈说，语言中流露出一丝关爱。

等他们都走了，夹谷墨一个人躺在空荡荡的病床上，回忆着中午发生的事。

"首先，我推了一下门，然后把他给砸到了，接着他就把我给砸晕了。"夹谷墨掰着手指头说。

这小孩也是真的奇怪，为什么这样小就会一个人坐动车，一个人独来独往，而且最重要的一点，他的力气竟然那么大，足以把人砸晕。

"这小孩真怪！"夹谷墨心想。

第二天，夹谷墨出院了。

刚回到家，就看见熙熙在沙发上看电视，还是穿着昨天那套衣服。但是最让夹谷墨生气的是，他竟然在吃夹谷墨最喜欢的薯片，而且还是外国进口的，一包要好几块钱，里面有很多种味道，他吃的是夹谷墨最喜欢的味道。

夹谷墨马上就发火了，一个箭步冲了过去，抓住那包薯片，一下子往后拽去，可是，夹谷墨突然感到一阵痛，原来熙熙在狠狠地咬着他的胳膊。

"啊！"夹谷墨大叫一声，引来了夹谷砚，接着又引来了夹谷妈。

"怎么啦？"夹谷砚说，脸上是满满当当的莫名其妙。

"墨墨，怎么啦？"妈妈问。

熙熙在边上没说话，可是，等到夹谷妈说完以后，他的脸马上"变天了"，刚才还是那种很厉害的样子，现在却变成了一种类似于"弱女子"的模样。鼻头一红，嘴角一垂，眼睛一酸，哭了。

"哇哇哇！夹谷墨哥哥打我！"熙熙一把鼻涕一把泪含含糊糊地说。

夹谷墨这个时候就是一种蒙的状态，一时之间不知道身处于哪个星球，感觉脑袋嗡嗡地响，眼睛睁得老大。

"夹谷墨，你怎么欺负弟弟啦，啊？"夹谷妈本来还是一脸慈祥，一听熙熙说完，立马像是变了一个人一样，怒目圆睁，"说，你为什么欺负弟弟？"

夹谷墨的心中马上燃起了一丝怒火，而且这点火星正在十分快速地向周围蔓延。

"他抢我最喜欢的薯片吃，我生气了，于是抢了回来，有错吗？"夹谷墨真的是太委屈了，自己家被抄了，"官府"还过来雪上加霜，这是何等世态啊？

"你打他就是你的不对了！"夹谷妈依旧是那个态度，

丝毫没有因为夹谷墨的证词而改变心思。

"我没打他！"夹谷墨大声说。

"呜呜呜，有，"熙熙哭着说，用手指了指脑袋，上边有一个大包，"看到了吗！呜呜呜……"

"这是昨天他来咱家的时候，我一不小心把他撞的，就在推门的时候。"夹谷墨竭力掩饰自己的过错，虽然他是对的。

"夹谷墨，我对你的表现很失望。"夹谷妈无奈地摇了摇头。

现在，夹谷墨的心中就像有无数只蝼蚁在啃噬，那怒火，已经让他有些烧胃了，他两只手直哆嗦，他感到全身有一种痒痒的感觉。

"我没错，我没打他！"夹谷墨再也忍不住了，他真的很想马上揍熙熙，现在的小孩啊，真的是越来越戏精了！

"夹谷墨，我对你真的是失望极了！"夹谷妈说，眼神中流露出一丝无奈和惋惜。

夹谷墨突然握紧了拳头，手上的青筋一下子全爆了起来……

过了四五天，叔叔从杭州来了，把熙熙接走了。不过

霜刃未曾试／SHUANG REN WEI CENG SHI

叔叔待夹谷墨的态度好像比平日里好了许多。

现在一些家庭，常常这样，小的犯了错但承担责任的却是大的，不管是男是女，小的往往是最吃香的。

第二十九章　中秋对诗

引子：中秋，美丽的中秋，诗意的中秋，古韵的中秋，虽然身处 21 世纪，但是这种古韵依旧在我们每一个人的心中。

夹谷墨是他们班级里面赫赫有名的诗词达人，他曾经多次代表学校参加过区里的诗词大会，都获得了很不错的成绩。

所以，每一次学校举行大型晚会，所有的主持词几乎都是由夹谷墨来修改的。

一转眼中秋到了，叔叔从杭州回来了，当然也带回来了熙熙，不过这一次熙熙可乖了，没有像上次那样"皮"，

霜刃未曾试 / SHUANG REN WEI CENG SHI

一看到夹谷墨就说了声："对不起！"流露出了小孩应有的天真。夹谷墨也作为奖励，给了他最喜欢吃的马来西亚的椰子糖。

晚上，夹谷墨一家都团坐在酒店里的饭桌上，大家有说有笑，特别是叔叔，他好像有千万句话想对他那最亲爱的家人说，整场晚餐几乎都是他在讲话，不过大家都听得很认真，包括夹谷墨。

"哎呀，现在有些时候啊，真的是很感叹，"叔叔突然叹了口气，说，"现在虽然有这样大的成就，可是记忆力等各个方面都没有小的时候好啦！现在想背一首诗都要花上我好几天的时间。"

"是啊是啊……"好多亲戚都说现在都没有小时候的各个方面好了。

按着那些年长的都在给夹谷墨他们讲述着多年来的经验，搞得夹谷墨有些不知所措，因为他根本就没有犯这样不珍惜时间的错误。

回到家，夹谷妈就端出了"桥墩月饼"，这是温州的月饼大牌，这个月饼即使你很饱，也会忍不住来上两口。

夹谷墨一下子吃了大半块，最后真的吃不下了，就倒在了沙发上，望着窗外的那轮皎洁的明月，心中感慨万千。

"举杯邀明月，对影成三人。"夹谷墨吟诵道。

"春江潮水连海平，海上明月共潮生。"叔叔一听见夹谷墨的吟诵，马上对答道。

"暂伴月将影，行乐须及春。"夹谷妈一边端着茶一边说道。

"明月几时有？把酒问青天。"夹谷爸从房间里走出来。

"自古以来，古人对月亮的评价甚高，借月抒情，便是常态，写下了一首又一首千古流传的名句，"夹谷爷说，"今天是中秋，我们就来对对关于月的诗句。古人最喜欢在月亮下吟诗作赋了，我们也来学学古风！"

"我先来，"夹谷墨马上举起了手，"海内存知己，天涯若比邻。"

"我也有，但愿人长久，千里共婵娟！"叔叔说着，端起手中的一小杯茶，小小地喝了一口，露出了美滋滋的笑容。

"我也有，"平时对诗词一窍不通的夹谷砚竟然也自告奋勇地对了起来，"床前……床前明月光，疑是地上霜。"

"要不去阳台吧，这样吟诗作赋会更有感觉。"夹谷妈提议。于是大部队移到了阳台。

"秋空明月思，光彩露沾湿。"夹谷墨托着杯子，品了一口茶，说道。

"海上生明月，天涯共此时。"叔叔说道。

"牛啊，叔叔！"夹谷墨说，因为他对诗词的造诣很深，而且刚才叔叔又说自己背书不行，所以稍稍有些放松，但是经过一两回合，他才发现叔叔在酒桌上只是谦虚而已，"要不这样"，夹谷墨说，"我们两个来玩一个游戏，就是互对诗词，谁没对出来罚茶水一杯！不一定是中秋的！"

"好哇，乐此不疲啊！"叔叔说。

"野火烧不尽，春风吹又生。"夹谷墨说。

叔叔略思片刻，答道："生当作人杰，死亦为鬼雄。"

"雄姿英发，羽扇纶巾。"夹谷墨张口就来。

"今潮带雨晚来急，野渡无人舟自横！"叔叔说，"读音一样没关系。"

这就让夹谷墨有些搞笑了，夹谷墨微微咳了两声，便说道："横看成岭侧成峰，远近高低各不同。"

"童孙未解供耕织，也傍桑阴学种瓜。"叔叔想也不想，信手拈来。

这一回夹谷墨真的是弄不出来了，于是单膝下跪，双手抱拳，说："今是小辈输了比赛，求和，但请尔立下字据，择日重赛，我定将让尔刮目相看！"

"请起请起，壮士请起，没事，士别三日，定当刮目相待，慢慢准备！"

"那就多谢了！"

最后，大家一个个都口干舌燥，坐下来，品口茶，让茶在嘴巴里荡漾，流露出一股股香甜的气息。

明月依旧高照，亮白如洗，像一盏永不熄灭的灯，挂在天空中，心中不由得欢喜。

中秋，美丽的中秋，诗意的中秋，古韵的中秋，虽然身处21世纪，但是这种古韵依旧在我们每一个人的心中。

第三十章　权威思想

　　引子：现在的权威思想在有些人心中已到了无可复加的境地，这权威就好像是你的亲生父母一样，什么事情都是他对，若不按照他说的去做就是错的，而且没有商量的余地。

　　夹谷墨的周记经常是老师点评的范例，谁叫他的周记写得好。

　　最近，语文蔡老师到另外一个学校出差了，说是校际结对活动，要一周时间，所以夹谷墨班级里来了一个新的代课老师。

　　星期一的第一节语文课，夹谷墨就很想见见这个老师，看看是不是像蔡老师一样慈祥、和蔼可亲。

可是，夹谷墨想错了，这个老师大大出乎了夹谷墨的意料。

上课的铃声照常响起来，夹谷墨满怀希望地看着教室门口，看看是男老师还是女老师。接着，从教室的后门响起了一阵沉重的皮鞋声，夹谷墨心里大叫不好——肯定是男老师。

一个长着国字脸的大汉走进教室，嘴角旁边有一颗长着毛的痣，感觉不是很面善。

"好，现在开始上课！"那个人发话了，那腔调十分地有弹性，像鞭炮响，既洪亮又可畏，"我姓武，就是武则天的那个武，你们可以叫我武老师。"那个男人好像是天生对夹谷墨这个班级排斥一样，说话面无表情，感觉没有一点儿人情味儿。

"现在，我用十分钟的时间来大概了解一下你们班的同学，"武老师说，"我听说你们班有一个作文很好的，好像叫墨夹谷的，你今天晚上语文作业不用写，你只需要写一篇日记就行了，明天我看看。"

"哦，好的……"夹谷墨说，心中暗自叫苦，因为他刚刚提交了一篇文章,这个文章已占用了他大量的课余时间,现在又要写一篇,谁想啊!可是,这位老师要求严厉,感觉没有讨价还价的余地,还是不要惹他为好。

"老师,我声明一下,我叫夹谷墨,不是墨夹谷。"夹谷墨举手向老师报告。

"哦哦哦,夹谷墨啊!"老师说。

就这样,夹谷墨回到了家,一回家就开始写其他三门功课的作业,这一天老师好像是疯了,一下子布置了十一个作业,可把夹谷墨给累死了。

写好的时候已经是将近九点了,夹谷墨晚饭还没吃呢,于是就随便扒拉了几口,应付充饥了。

夹谷墨把碗放到洗碗池以后,也没有什么力气了,因为今天实在是累了。

他无力地走进房间,看见夹谷砚正在玩着手机,看看他的书包,开都没开过,夹谷墨也不想说他了,自己还有篇文章没完成呢。夹谷墨拿起笔,叹了一口气,就开始动笔写了。今天,他想到的题材是——我的小区,于是他就开始回想小区的东西。有一句话说"万事开头难",像夹谷墨这样的人也会脑子顿住。

突然夹谷墨想起了他家楼下的那两棵梧桐，同时，也想到了鲁迅先生有篇文章中的一句话："我家门口有两棵树，一棵是这种树，另一棵还是这种树。"接着，夹谷墨灵机一动，开始奋笔疾书了。

第二天，夹谷墨早早地去上学了，因为他想快点成为那个新老师的得意门生。他进了教室，只看见几个早来的同学正在写昨天晚上的作业。夹谷墨也管不了那么多，马上跑到了蔡老师的办公室，把作业放到了老师的桌子上，接着走出了办公室。

慢慢地，学校的人多了起来，夹谷墨班级的人也慢慢地增加，最后都齐了。早读的时候，夹谷墨一直在想象老师在全班面前朗读自己的作文，还有被好好表扬一番的场景，夹谷墨越想越美。

夹谷墨不知不觉闭上了眼，沉浸在美好的幻想中。突然一声冷峻而又严肃的声音打破了这份宁静。

"夹谷墨，过来一下。"夹谷墨一转头，吓了一跳——原来是武老师，他正用一种像狮子一样的眼神看着他。"似乎有种不好的预感"，夹谷墨心想，但是，也只得和武老师走了。

162

浙江少年文学新星丛书

第六辑

夹谷墨走进了办公室，走到了武老师的座位旁边，低着头看着地板。

"我原来以为你的写作水平名列前茅，可是看了这篇文章，我真的不知道你的这个评价是从哪里开后门得来的。"老师越说越生气，最后还一拳头砸在桌子上，好像用力过猛，对着手吹气。

"老师，我的文章不至于那么差吧？"夹谷墨显得很惊愕。

"你的开头，"老师说着，便翻开了夹谷墨的日记本，"什么一棵树是这种，另一棵树也是这种，什么狗屁不通的东西啊！你这都哪里学的啊！"

"《朝花夕拾》呀？"夹谷墨的头已经在老师激情演讲的时候默默抬起了，他看着老师，心中充满了抵触情绪。这可能就是一个直男的特点吧。

只见武老师把手的姿势摆成八字形，双手托着下巴做出思考的动作。过了一会儿，他猛地抖了一下，对夹谷墨说："确实有这么一回事，但是，像你这样的人是不应该借鉴与模仿的，你就应该……"

"创造是在借鉴与模仿中产生的，这是巴普洛夫的名言。"夹谷墨没等老师说完，插嘴道。

这个时候的武老师，好像被逼到了一个十分尴尬的墙角，因为这个时候，办公室里的老师都已经到了，而且正在看着他和夹谷墨，武老师可不想在此时出洋相。

"总之，你就是写得不好！"武老师的脸已经憋红了，大声地说道。

"老师，那你等一下，我给别的老师看看。"夹谷墨环顾四周，看见了隔壁班的语文老师正好也在，于是他向那个老师走去，说："老师，你可以帮我看看吗？"夹谷墨说。

"没问题！"那老师说。

在等的过程中，夹谷墨没有正面看着武老师，但是，他的余光老是往武老师那里瞟，想看看他的反应。

"写得不错，细节传神，还用了暗喻等修辞手法。"那个老师淡淡地说道。

夹谷墨转过脸去，向老师报告一声就出门了。谁对谁错已经不重要了，感觉自己的东西被认可了，心中还是满满的知足。

浙江少年文学新星丛书

第六辑

第三十一章　升学风波

　　引子：每一个人都会迎来小升初，夹谷墨也不例外，但是，只要是去私立学校，都要参加他们的考试，考试不合格，马上就出局；合格了，他又会给你分几档，什么A+、A、B+、B等，听着就烦琐。

　　夹谷墨是六年级的学生了，也是一个大孩子了，是该好好准备升学了。

　　最近，夹谷墨的那些平板、手机、小霸王都归夹谷妈管辖了，夹谷墨发誓，不到毕业不能碰一下。

　　于是，夹谷墨就开始上街买些资料准备，有的是奥数类，还有的是小升初课内冲刺，夹谷墨打算都买过来狠狠地刷题。唉，这个夹谷砚啊，成天就只知道看电视、玩游戏，不务正业，看看夹谷墨，挺拼的！

夹谷妈也是那个着急，看着夹谷墨天天沉迷学习之中，甚至还把夜游神魔鬼团的团长职务都给辞了，这对学习是有多么重视啊。夹谷妈着急的是，夹谷砚啊！

夹谷妈最近买了很多海参，说要给夹谷墨补补身子，这样他就不会天天脸色蜡黄，怪不得今天的汤面里会有海参。这个气味让夹谷墨有点不适应，有可能是因为他不喜欢吃海参，也可能是因为……

夹谷墨向夹谷妈走去，看着夹谷妈的眼睛，一本正经地说："老妈，海参是大人补肾的……"

夹谷妈这才张大嘴巴，连声说："哦哦，不喜欢吃，再整点其他的。"

不过夹谷墨真的是挺累的，每天要完成比平时多三倍的作业量。但没办法，现在已是毕业的关键阶段了，每一个人都是这样，没有一个人是例外。

现在夹谷墨班级里面的每一个人都目睹了他的学习状态，所以就流传着这样一句话"三更灯火五更鸡，半夜读书蘑菇鸡"。也因此，班主任就把夹谷墨的名字上报给了学校，校长还在全校同学的面前表扬了夹谷墨，还让区电视台采访了他。那天新闻刚播出，夹谷墨的爷爷就打电话给夹谷墨，说他真有出息啊。

但是，夹谷墨也没有嫌过苦，他都是一天忙到晚，没一刻停歇。除了每一个星期五晚上，夹谷妈带着兄弟二人去外面吃饭的时候，他才有一点儿休息的时间，看看新闻，刷刷抖音，这就是夹谷墨唯一的娱乐。

每一个人总是会有一个愿望，夹谷墨也不例外。他现在最大的梦想就是考上一所叫"知临"的学校，这个学校可以算是整个市里最好的外国语学校。但是教育部规定，学校考试只能等到五月中旬以后，这让夹谷墨不开心了，毕竟他想早早去考试，想大展身手。

夹谷墨盼星星盼月亮终于在夹谷妈的手机里看见了希望。夹谷妈加进了一个小升初的家长群，里面还分成好几个小群，由此可见是有多少家长望子成龙、望女成凤啊。夹谷墨那天只是在晚饭后随意浏览，就翻到了自己的希望，真的是"踏破铁鞋无觅处，得来全不费功夫"啊！

夹谷墨看了下时间，是在下个星期五的晚上，夹谷墨不禁在心中下了决心——再做一本奥数练习！接着，他就把这件事情告诉了夹谷妈，叫她包一辆车，然后他再去拉几个人过来一起去考试，这样夹谷墨就有伴儿了。

夹谷妈同意了。

又是一个星期的艰苦奋斗，夹谷墨算是已经忙透了，没有一丝力气了，除了去考试。所以，夹谷妈给夹谷墨请了半天的假，星期五下午夹谷墨真的可以说是"睡到天荒地老"，醒来的时候口水已经浸湿了半张枕套了，他满足地起了床，穿好衣服就出门了。

夹谷墨走到小区的东门，看见了一辆老式的桑塔纳停在门边，这应该就是夹谷妈租的车了。夹谷墨上了车，和司机说了一声好，马上拨通了其他要蹭车人的电话，先是打电话给张偁。这个家伙，在临时抱佛脚哩，现在还在复习，想趁着车上的一个小时再好好巩固一下，不过他的精神是值得鼓励的，因为以前张偁都没有这个意识，今天是第一次。

接着，夹谷墨的车里面又多了好几个人，满满当当的，挺热闹的，可是，只有前几分钟是有说话声的，后面一个多小时都是只有车轮碾压路面的声音。夹谷墨正在看一本奥数书，想多看看里面的题目，碰碰运气。

过了一小时，夹谷墨他们到了考场。

夹谷墨看看这个大门——好气派啊！这让夹谷墨对它的喜爱又增加了几分。

夹谷墨拿着准考证，开始到处寻找自己的考场，在夹谷墨的细心观察下，终于找到了。

一切妥当以后，夹谷墨安心地坐在自己的位置上，看着窗外的城市夜景，心中不由得爱上了这一片乐土，不禁在心中默默赞叹，祝福自己可以考上这所学校。

数学试卷发了下来，在还没有拿到试卷之前，夹谷墨异常紧张，因为他早早就听说知临的奥数是全市最好的，所以试卷应该特别难。可是，当试卷发下来以后，夹谷墨笑了。这个上面没有特别深奥难懂的题目，有些题型都还做过，虽然，难题还是有的，不过夹谷墨还是都把它们攻克了。

整场考试，夹谷墨都在想象，不过想象的都是关于自己考差的情景，被夹谷妈批评的那部分。他不敢想好的，毕竟怕自己一时骄傲，坏了整场考试。

时间过得很快，在最后一门快结束的时候，夹谷墨就开始想考完了以后要干些什么。他想到了，先去小街吃烧烤，然后再到影院去看电影，看他最喜欢的《复仇者联盟四》，他已经早早就听张僙说过了，超想去看看的。

回来的路上比过去时要有趣许多，因为那个搞笑大王张僙不再抱佛脚了，一路上好像有着说不完的笑话，逗得夹谷墨他们笑得前仰后合。

回到家门口，刚刚好八点钟，夹谷墨马上往家里冲去。打开门，就把包往里面丢去，攥着鞋架上自己藏的私房钱，上外面疯去了。

时间跳转到三天后，那天晚上，夹谷墨正在安安静静地做着作业，因为今天晚上，夹谷墨不用做太多的作业，只需要做平时的两倍就行了。傍晚夹谷墨回家时，鸟儿还在天空中叫，今天一天夹谷墨心情都不错。可是还有一件事让他更开心。"墨墨，墨墨，电话打来了，你考上了最好的那一档！"夹谷妈跑了过来，欣喜过望。

"真的？"夹谷墨有些怀疑，还想再确认一下。

"骗你干吗！"夹谷妈激动了起来。

心仪的学校，终于考上了。

第三十二章　梦想的力量

　　引子：一个美好的梦想就是一个人的人生目标，人只要有了目标，就会有一种叫灵魂的东西。如果没有，那这个人只不过是一个空壳罢了，就没有那种蓬勃向上的气息。

　　夹谷墨从一年级开始就有梦想，至少到小学五年级的时候他就已经有将近五个梦想了。比如当科学家、运动员、企业家，等等。

　　夹谷墨的第一个梦想是想当一名科学家，这个梦想源于有一天他看到的一本书。书上讲的是关于芯片还有各种电子元件的说明，然后夹谷墨就问夹谷妈，这些东西是谁发明的，夹谷妈和夹谷墨说是科学家，这在夹谷墨那幼小的心灵埋下了一颗对科学家充满无限憧憬的种子，使夹谷墨爱上了这个职业，每天一放学就在卫生间里面做实验。所以，夹谷墨一、二年级的时候，他们家的卫生间天天都是"水漫金山"的。

　　随着夹谷墨开始生长发育，他在体育运动方面的天赋不断地呈现。在三年级的时候，夹谷墨喜欢上了游泳，而那个时候，夹谷墨又是在乡下海边度过的，所以每天都在海水里泡着，游泳进步神速。可时间一长毛病就出来了，夹谷墨的手掌被海水泡得满是皱纹，背上、手臂上、脚上到处都被晒得黑不溜秋，就是一只背头鸡。夹谷妈心疼他，就马上把夹谷墨带走了。

　　这一个个梦想因为一个个"不如意"而破灭，导致夹谷墨的才艺虽然很多，但都不精。

　　随着年龄的增长，夹谷墨的视野也逐渐变得开阔，去过很多地方，吃过很多东西，也懂得了一些人生哲理，还知道了一些国家大事。

　　有些时候，夹谷墨会和他爷爷一边看新闻一边讨论现在的国际局势是怎样的，有没有一些国家因为自己的利益而去侵犯别人的权益，或者是国际上有没有和平大使伸出援助之手，还有几个国家之间的军事冲突……这些都是夹谷墨所关心的。

所以，夹谷墨慢慢地成了他们班级里的"路路通"。

接着，五年级的时候，夹谷墨想当一名党员，这是因为他进队长学校学习以后，他有了对"红色印记"的感悟和收获，知道了现在的生活来之不易。

夹谷墨对经商方面一直都很有兴趣，从小到大一直都有一个当老板的梦想……

总而言之，夹谷墨前面所有的梦想合在一起，也是夹谷墨现在最向往、最想干的一个职业，那就是一个爱国企业家。因为夹谷墨上次在手机上看到华为公司董事长任正非，潜心研究移动通信业务发展，成了全球可与苹果公司相抗衡的企业，为国家、民族争得了荣誉。特别是5G技术的研发，更是走在了全世界的前列，引起了美国的恐慌，成了中美贸易战中斗争最激烈的焦点，捍卫了中国企业的技术成果和技术尊严……

这种民族担当的精神使夹谷墨热血沸腾，不管是谁，都应有这颗报效祖国的心。所以，夹谷墨现在在为以后的事情做打算，有的时候还在推演以后的国际局势。

这可能就是"梦想的力量"吧。

一个人，只要有梦，坚持不懈，毫不言弃，努力奋斗，就会让梦想实现的可能大上几倍，甚至几十倍。

就这样，夹谷墨踏上了实现梦想的路程，立誓建设家乡，报效祖国。凭自己的一腔热血走出重重难关，最后成功实现梦想。

浙江少年文学新星丛书

第六辑

尾声

今天是周六，夹谷墨很失落，因为今天是期末考试。实际上夹谷墨不是担心考差而失落，而是因为这是小学阶段的最后一天，也是最后一次期末考试。考完之后，夹谷墨没急着走，而是在学校里转了转。

他走过学校的每一个角落，每一间教室。他看见低年级的学弟学妹们无忧无虑地嬉戏，看见高年级的同学们虽知道时光一去不复返，还接着玩起来。当然，在以前的语文课里，他那稚嫩的心灵还无法感受到朱自清、林清玄他们写作的用意，还是那样天真无邪。

夹谷墨回想起一年级的时候在校园东边的一棵小树苗下埋了一个五毛的硬币，那棵小树苗是他刚来报到的时候种的，夹谷妈说给他留下一些回忆。夹谷墨往那个角落跑去，一路上微风习习。

那个角落依旧很静，在那条通往校内的路上几乎长满了青苔。夹谷墨小心翼翼地走过去，看见了一棵五六米高的大树，枝繁叶茂，生机勃勃，鸟虫自由地喳喳叫。

这就是那棵树啊！夹谷墨向上望去，看着比他高出许多的树，心中充满了憧憬。

他蹲下来，扒开土，只见一个金属硬币的东西在土中发出点点的亮光，虽然有些锈了，但夹谷墨还是认得出来它的样子——一个五毛硬币。

夹谷墨拿起那枚硬币，在手里掂了掂，还是那样亲切。

夹谷墨回家了，实际上他也不想回家，因为他想在母校中再待一会儿，怕以后忘记了。

回到家里，夹谷妈就冲上来一个劲儿地亲了又亲。"墨墨，你要离开妈妈了，我好伤心啊！"夹谷妈眼含泪花，夹谷墨同时也是热泪盈眶，这正如苏轼写的"相顾无言惟有泪千行"吧！

夹谷墨看看自己的书架，上面有一本本他小时候写的日记，夹谷墨忍不住看了起来。"星期一，"他读道，"我被人打了，我一定要找他报仇，不过现在还是多锻炼锻炼吧！""星期二，语文成绩出来了，我竟然考了一百分！我真为自己骄傲！""星期三，我今天感觉不舒服，可能是因为体育课的时候中暑了，不过下午放学的时候，妈妈把我带到医院了，我现在好多了呢！"

……

夹谷墨哭了，而且是号啕大哭，可能这就是戏精的烦恼——情商太高了。

晚上夹谷墨趴在窗边，看着车水马龙的马路，心中感慨万千。

"初中的生涯即将开启，学习任务还很繁重，我一定要好好学习，快快长大，增长本领，做一位有益于国家、社会的爱国企业家。"夹谷墨望着天空大喊着，他觉得这是一项十分光荣的使命。

就这样，夹谷墨睡了，等着他的是明天的使命。